陰陽師

天鼓卷

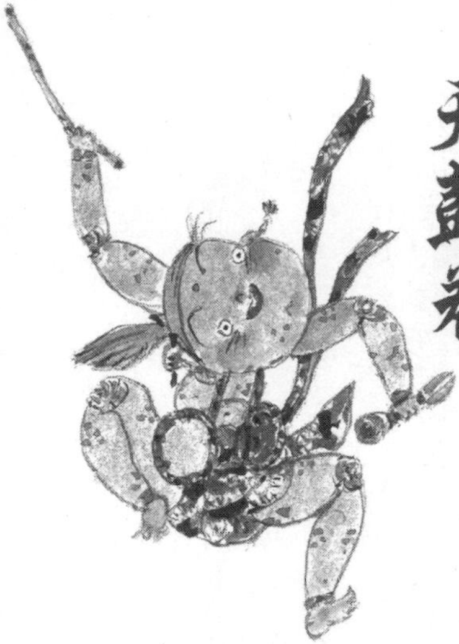

陰陽師系列
第十三部

夢枕獏——著
茂呂美耶——譯

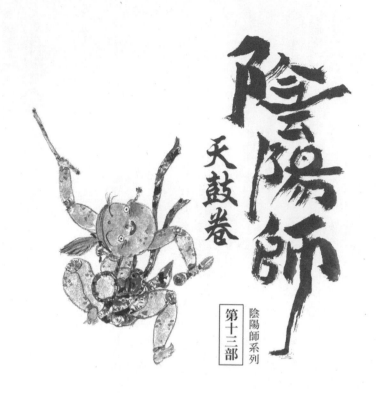

新版推薦序

伴隨《陰陽師》系列小說十五年有感

承接《陰陽師》系列小說的編輯來信通知，明年一月初將出版重新包裝的第一部《陰陽師》，並邀我寫一篇序文。

收到電郵那時，我正在進行第十七部《陰陽師螢火卷》的翻譯工作，而且，由於晴明和博雅這兩人拖拖拉拉了將近三十年的曖昧關係（中文繁體版則爲十五年），終於有了一小步進展，令我陷入興奮狀態，於是立即回信答應寫序文。因爲我很想在序文中向某些初期老粉絲報告：「喂喂喂，大家快看過來，我們的傻博雅總算開竅了啦！」

其實，我並非喜歡閱讀ＢＬ（男男愛情）小說或漫畫的腐女，《陰陽師》也並非ＢＬ小說，但是，我記得十多年前，曾經在網站留言版和一些《陰陽師》死忠粉絲，針對晴明和博雅之間的曖昧感情，嬉笑怒罵地聊得鼓樂喧天，好不熱鬧。

說實在的，比起正宗ＢＬ小說，《陰陽師》的耽美度其實並不高。就我個人觀點而言，這部系列小說的主要成分是「借妖鬼話人心」，講述的是善變的人心，無常的人生。可是，某些讀者，例如我，經常在晴明和博雅的對話中，敏感地聞出濃厚的ＢＬ味道，並為了他們那若隱若現，或者說，半遮半掩的愛意表達方式，時而抿嘴偷笑，時而暗暗奸笑。

身為譯者的我，有時會為了該如何將兩人對話中的那股濃濃愛意，翻譯得不露骨，但又不能含糊帶過的問題，折騰得三餐都以飯糰或茶泡飯草草果腹，甚至一句話要改十遍以上。太露骨，沒品；太含蓄，無味。所幸，這種對話不是很多。是的，直至第十六部《陰陽師蒼猴卷》為止，這種對話確實不多。

然而，我萬萬沒想到，到了第十七部《陰陽師螢火卷》，竟然出現了令我情不自禁大喊「喂喂，博雅，你這樣調情，可以嗎？」的對話！不過，請非腐族讀者放心，這種對話依舊不是很多，況且，說不定我們那個憨厚的傻博雅，不明白自己說的那些話其實是一種調情。而能塑造出讓讀者感覺「明明在調情，但調情者或許不明白自己在調情」的情節的小說家夢枕大師，更令人起敬。

話說回來，不論以讀者身分或譯者身分來看，《陰陽師》系列小說最吸引我的場景，均是晴明宅邸庭院。那庭院，看似雜亂無章，卻隨著季節交替輪換而自有一番情韻。倘若我在進行翻譯工作時的季節，恰好與小說中的季節相符，我會翻譯得特別來勁，畢竟晴明庭院中那些常見的花草，以及，夏天吵得不可開交的蟬鳴和秋天唱得不可名狀的夜蟲，我家院子都有。只是，我家院子的規模小了許多，大概僅有晴明宅邸庭院的百分或千分之一吧。

爲了寫這篇序文，我翻出《陰陽師飛天卷》、《陰陽師付喪神卷》、《陰陽師鳳凰卷》等早期的作品，重新閱讀。不僅讀得津津有味，甚至讀得久違多年在床上迎來深秋某日清晨的第一道曙光。

此外，我也很佩服當年的自己，竟然能把小說中那些和歌翻譯得那麼美。不是我在自吹自擂，是眞的。我跟夢枕大師一樣，都忘了早期那些作品的故事內容，重讀舊作時，我眞的在文字中看到當年爲了翻譯和歌，夜夜在書桌前和古籍資料搏鬥的自己的身影。啊，畢竟那時還年輕，身子經得起通宵熬夜的摧殘，大腦也耐得住古文和歌的折磨。如今已經不行了，都盡量在夜晚十點上床，十一點便關燈。因爲我在明年的生日那天，要穿大紅色的「還曆祝著」（紅色帽子、紅色背心），慶祝自己的人生回到起點，得以重新再活一次。

如果情況允許，我希望能夠一直擔任《陰陽師》系列小說的譯者，更希望在我穿上大紅色背心之後的每個春夏秋冬，仍可以自由自在穿梭於晴明宅邸庭院。

茂呂美耶

於二〇一七年十一月某個深秋之夜

平安時代中期的平安京

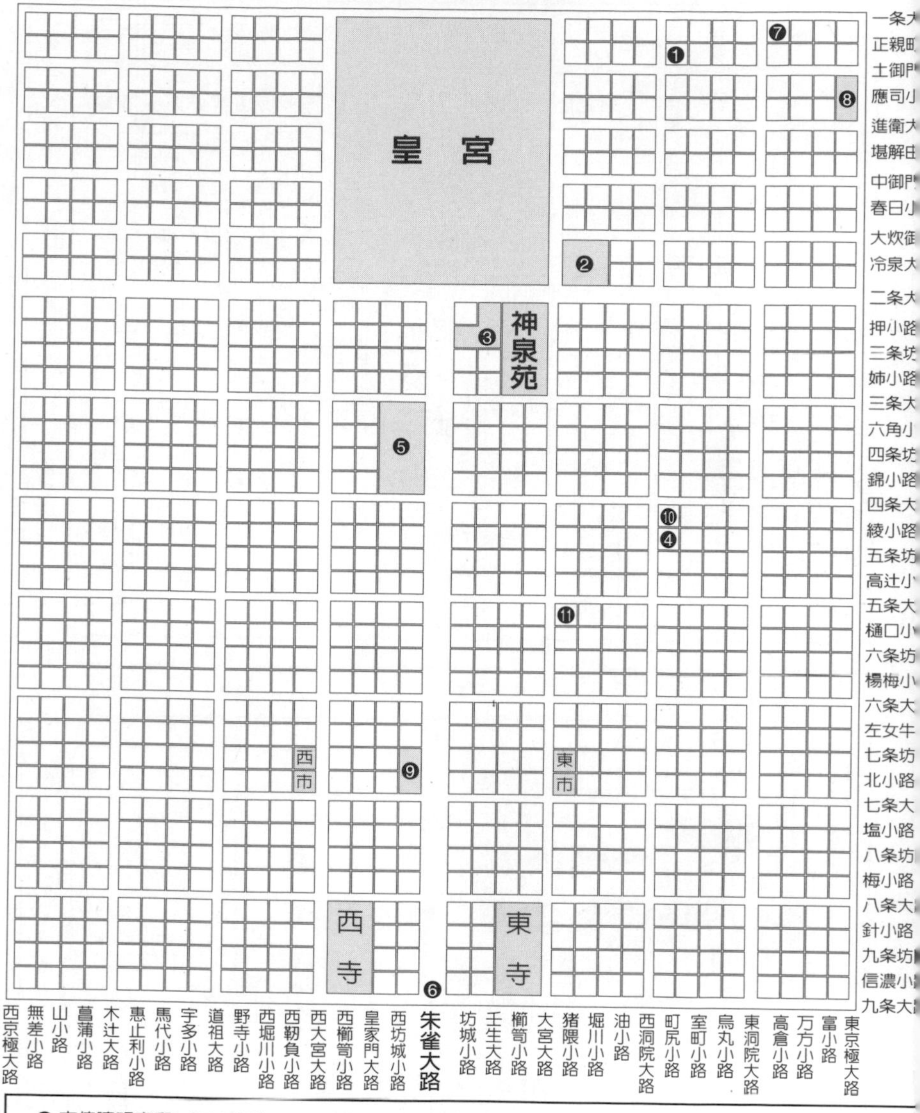

❶ 安倍晴明宅邸　❷ 冷泉院　❸ 大學寮　❹ 菅原道真宅邸　❺ 朱雀院　❻ 羅城門　❼ 藤原道長「一条第」
❽ 藤原道長「土御門殿」　❾ 西鴻臚館　❿ 藤原賴通宅邸　⓫ 藤原彰子邸

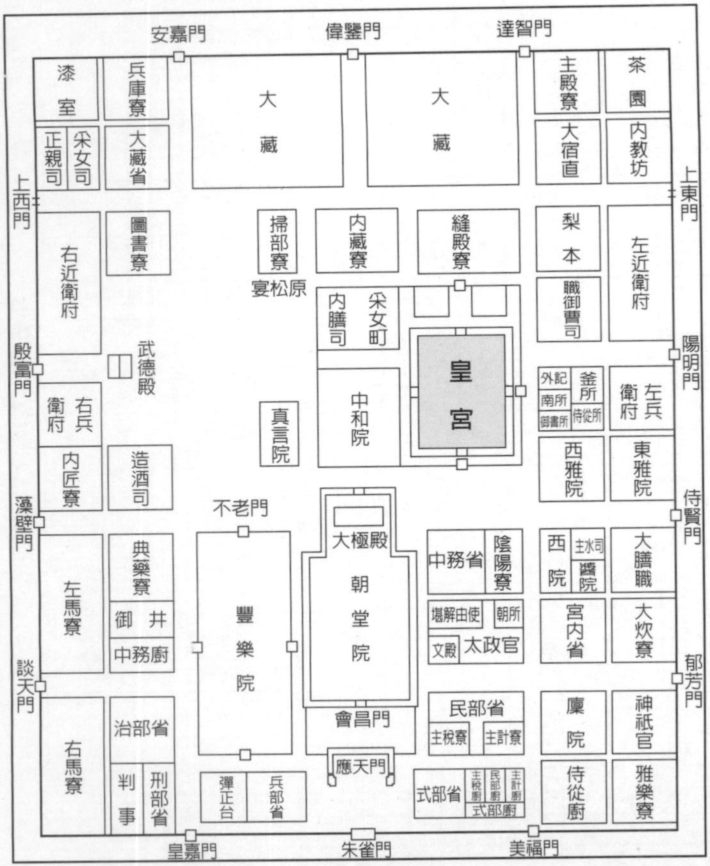

安嘉門
偉鑒門
達智門
上西門
上東門
殷富門
陽明門
藻壁門
待賢門
談天門
郁芳門
皇嘉門
朱雀門
美福門
漆室
兵庫寮
正親司
采女司
大藏省
大藏
大藏
主殿寮
茶園
大宿直
內教坊
圖書寮
右近衛府
掃部寮
宴松原
內藏寮
縫殿寮
梨本
職御曹司
左近衛府
內膳司
采女町
皇宮
武德殿
右兵衛府
外記
釜所
南所
御書所
侍從所
左兵衛府
真言院
中和院
內匠寮
造酒司
西雅院
東雅院
不老門
大極殿
朝堂院
中務省
陰陽寮
西院
主水司
醬院
大膳職
典藥寮
左馬寮
御井
中務廚
豐樂院
堪解由使
朝所
文殿
太政官
宮內省
大炊寮
治部省
會昌門
民部省
主稅寮
主計寮
廩院
神祇官
右馬寮
判事
刑部省
彈正台
兵部省
應天門
式部省
主稅廚
民部廚
主計廚
式部廚
侍從廚
雅樂寮

大內裏

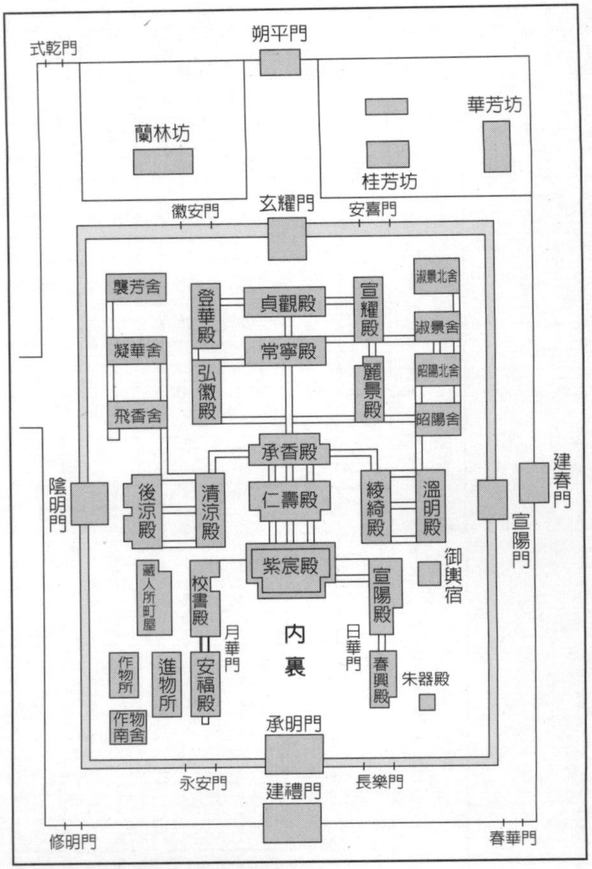

式乾門
朔平門
蘭林坊
華芳坊
桂芳坊
徽安門
玄耀門
安喜門
襲芳舍
登華殿
貞觀殿
宣耀殿
淑景北舍
淑景舍
凝華舍
常寧殿
弘徽殿
麗景殿
昭陽北舍
飛香舍
昭陽舍
承香殿
陰明門
後涼殿
清涼殿
仁壽殿
綾綺殿
溫明殿
建春門
宣陽門
紫宸殿
藏人所町屋
校書殿
宣陽殿
御輿宿
月華門
內裏
日華門
作物所
進物所
安福殿
春興殿
朱器殿
作物南舍
承明門
永安門
建禮門
長樂門
修明門
春華門

內裏（皇宮）

目錄

缸博士

★本篇故事爲夢枕獏特別爲臺灣讀者所寫，優先在臺灣《印刻雜誌》二〇〇七年十二月號刊載，讓臺灣讀者先睹爲快。

一

據說，那名老爺爺於某日突然出現，如此問道：

「你們有何困難嗎……」

老爺爺背上用繩子綁著一口大缸子。

是個打扮骯髒的老人。身上的窄袖便服[1]已破爛不堪，白髮、白鬚，臉上皺紋很深。

老人自稱忘歡。

最初同忘歡談話的人是橘忠季的下人，名叫政之。

政之在大門前發現了無所事事走動的老人。

聽說那老人背著缸子不時向大門內張望，口中嘟嘟囔囔：

「原來如此……唔，唔。」

政之覺得可疑，上前問老人：

「有什麼事嗎？」

老人反倒問政之：

---

1 原文為「小袖」（こそで，kosode）。

「你們很爲難嗎？」
「爲難？」
「是，你們不是很爲難嗎？」
確實是很爲難。
爲難的是主人橘忠季。
說正確點，是以忠季爲首，宅邸內所有人都很爲難。
然而——
「您怎麼知道這事？」政之問。
「因爲我看到了。」
「看到什麼？」
「看到許多東西紊亂不堪。大地的龍脈、宅邸的氣……」
老人輪流望著天空與大地，如此說。
「您是說，您可以看到這些東西？」
「是。」
「這些東西紊亂不堪？」
「沒錯。」

「紊亂不堪又會怎麼樣呢？」

「貴府會產生不祥。平日不足多慮的小事……例如，只不過摔了一跤，卻會受重傷，或者有人染上大病，或是遺失、打碎珍貴物品……」

「唔。」政之的聲音哽在喉頭。

這些事，他心裡都有數。

「如果視而不見，恐怕不久又會有人喪命……」

老人口吻溫和，說的內容卻相當駭人。

最近宅邸內有名乳母不小心摔了一跤，不知是不是手沒撐好，竟然折斷了右腕骨；另一名家僕在庭院摔倒，臉撞到岩石，磕斷牙齒。

主人忠季也患上不明緣由的病，這十天來一直臥病在床。

連忠季珍惜的皇上御賜之笙也不翼而飛。

類似的意外在這半年來還有好幾件，忠季的父親道忠也於一個月前剛病逝。

「您說不久又會……是什麼意思呢？」

「這個，到底會是什麼意思呢……」

不知是裝糊塗還是賣關子——總之，老人的意思是，目前臥病在床的主

人忠季也許會喪命。

「喂，您叫什麼名字？」

「我叫忘歡。」

政之聽了對方名字，先進屋裡向主人忠季報告。

忠季雖說臥病在床，卻並非無法動彈。

只是他的胸部至腹部會隱隱作痛。不是那種痛得要死的劇痛，也不必因忍耐痛楚而在人前蹙額顰眉。

他因保重身體而躺進被褥，但還是可以與人談話。

「讓他到庭院來。」

忠季如此吩咐，起身簡單整整服飾，在窄廊[2]與坐在庭院地面的忘歡會晤。

忘歡將背上的釭子擱在一旁，仰望忠季。

「你叫忘歡嗎……」忠季問。

「是。」忘歡微微頷首。

「我聽下人說，你說我們宅內地脈紊亂？」

「說了。」

---

2 原文為「簀子」（すのこ，sunoko），平安時代貴族宅邸的建築方式，四周最外圍的長廊沒有牆壁，由板條鋪成，可讓雨水漏到板條下地面。窄廊離地面很高，上下必須用木梯。

「因此宅內產生不祥之事？」

「沒錯。」

「爲何會發生這種事？至今爲止一直平安無事……」

「大人是否還記得去年春天發生地變，京城大地搖晃得非常厲害？」

「記得。」忠季點頭。

去年櫻花盛開時節，大地確實搖晃得很厲害，許多寺院倒塌了好幾座佛像。

有些宅邸的大門與牆壁也坍塌。

「正是那次地變令地脈轉向。」

「地脈？」

「京都地底本來有一條大龍脈，自玄武方位的船岡山[3]流至巨瓊池[4]。京城便是利用東方青龍鴨川和西方白虎西海道圍住這條龍脈，再以東寺、西寺兩座大塔堵住，讓氣蓄積在京城。」

「是嗎……」

「然而那次震動改變了地形，令龍脈轉向，某部分氣脈原本已流向東方，是鴨川青龍硬將這些氣擋回去。」

3 京都北方。
4 原文為「小椋池」，京都南方。

「是嗎……」

忠季無法理解忘歡說的大半內容，只能點頭。

「由於硬擋回那些氣，偏離的氣便在貴府這一帶冒出。」

「是那些偏離的氣……」

「攪亂了貴府的氣脈。」

「結果呢？」

「氣脈紊亂會導致宅邸主人無法壽終正寢，也會發生各種不祥之事。」

「此話當眞？」

「信與不信，全憑忠季大人。」

「你這些話說得簡直跟陰陽師一樣。」

「我對陰陽道當然也有所心領神會，但不是陰陽師。」

「那你是什麼身分？」

「只是個貸缸人而已。」

「貸缸人？」

「這世間會發生不祥之事，原因並非只是龍脈紊亂而已。找出這些人以及宅邸，出借我的缸換取些微金子，正是我的謀生之道。」

忘歡伸手咚咚敲打一旁的缸子。

那只是一口土色的陳舊缸子。

「你是說，那缸子可以祛除禍事？」

「大人想試試看嗎？」

「你不會存心矇騙我吧？」

「絕對沒那回事。您可以試用缸子後再付金子。」

「倘若試過，禍事依舊不減，毫無效果，我不會付任何一分錢。」

「那當然。」

忘歡說得自信滿滿，忠季便動心了。

「也好，讓你試試。」

事情就這麼決定了。

「你打算怎麼做？」

「那麼……」

忘歡起身，觀賞風景般慢條斯理地跨出腳步，四處觀看庭院。

「就在這裡。」

忘歡駐足之處正是宅邸艮位——鬼門。

「能不能命人挖掘此處？」忘歡道。

「挖地？」忠季問。

「唔，大致挖個四尺深便行。」忘歡指著腳邊地面。

以政之爲首，所有家僕開始用鋤頭等工具挖掘地面。挖至四尺深時，忘歡開口：

「可以了。」

忘歡說畢，親自搬來擱在庭院的缸子。他將缸子放在剛挖好的坑洞一旁。仔細一看，缸口封著紙，缸口下方的凹溝則綁著一圈繩子。紙封住缸口，故看不見缸內有什麼東西。

「請給我筆墨……」

忘歡如此說，立即有名家僕送來筆墨。

忘歡將硯臺擱在地面，開始磨墨。磨完，用手中的毛筆蘸滿墨汁，說道：

「那麼……」

他在封住缸口的紙上寫下文字。

之後又繼續描繪某種文字，但忠季已辨認不出。

書畢，忘歡說：

「將這缸子埋進洞內。」

眾家僕把缸子埋進剛挖出的坑洞內，繼而蓋上泥土。

待缸子不見形影，地面恢復平坦後，忘歡道：

「這樣就好了。」

「眞的這樣就好了嗎？」忠季問。

「是。」忘歡笑著點頭，「不過，請您務必遵守一件事……」

「什麼事？」

「絕不能打開蓋子觀看缸內的東西。請大人務必遵守這點。」

「好，我明白了。」

「往後我將每隔一個月來此一趟。一兩年過後，大地氣脈應該可以穩定，屆時就不必如此做了。在此之前，這事都得繼續。」

忘歡說畢即不知去向。

自那天起，之前宅邸內頻繁發生的禍事便不再發生。

兩天後，忠季的病也令人難以置信地痊癒。

一切只能說是忘歡埋在艮位的那口缸子所致。

一個月後，某日早晨，忘歡出現。

「情況怎樣了？」

他讓家僕挖出缸子，留下一句「我出去一下」，又背著缸子不知去向。

將近傍晚他才回來，再度把缸子埋進洞內。

這時，缸口上的紙已經換新，而把缸子埋回坑洞前，忘歡依舊用毛筆寫下和上回相同的文字。

這事持續了半年左右。

忘歡每月來一次，命家人挖出缸子，再背著缸子消失，傍晚時分回來，又將缸子埋回原處。

如此，忠季也逐漸失去戒心。

至今為止因禍事連連而受苦的事，想來像一場夢。

他開始認為，家僕摔跤受傷、父親病逝、自己患病這些事，也許只是偶然重疊一起而已。

因摔跤而受傷，或因生病而死，這不是每家都會發生的事嗎？自己家可能只是偶然同時發生而已。

忘歡那老人是不是自某處聽聞這些風聲，爲騙取金子而來一派胡言，打算設計矇騙忠季呢？每個月都一本正經地把缸子背到某處再背回來，仔細想想，是不是忘歡爲了讓事情看起來煞有介事而耍的手段呢？

忠季逐漸如此想。

只是，更令人在意的是缸內的東西。

缸內到底有什麼東西？

聽下人說，缸子挖出時，重量比埋進去時要沉得許多。但缸子埋在土中時，不但天會下雨，泥土上也會凝露。是不是這些東西滲入紙內，令水積在缸內而已？

忠季愈如此想，便愈想知道缸內到底有什麼東西。

二

「因此，晴明，忠季大人終於命家僕挖出那口缸子……」源博雅說。

他坐在晴明宅邸窄廊。

兩人正在喝酒並觀賞庭院。

此刻是夜晚。

窄廊上擱著一盞燃著亮光的燈臺。

時值九月──

庭院已充滿秋意，涼風很冷。秋蟲在各處草叢中鳴叫。

夜晚的空氣看上去似乎發出透明微光。

晴明身著的白色狩衣映著搖來晃去的紅色火焰。

「博雅，結果事情如何？」晴明問。

博雅嘴脣浮出愉快笑容，反問晴明：

「結果事情如何，是什麼意思？」

「你不是說缸內有什麼東西嗎？我在問你缸內到底是什麼東西。」

「晴明，你想知道嗎？」
「嗯。」
「這是個謎題，你猜猜看。」
「猜猜看？」
「晴明，你猜猜缸內到底有什麼東西。」
「難道缸內有什麼妖鬼？」
「晴明，你猜錯了。」博雅樂不可支地道。
他舉起盛著酒的酒杯，說：
「原來你也會猜錯。」接著津津有味地喝乾了酒。
「到底是什麼東西？」
「是嬰孩。」博雅將酒杯擱在窄廊，如此答。
「嬰孩?!」
「晴明，忠季大人命下人打開的缸子內，裝著一個貌似剛落地的嬰兒。」
下令的忠季和家僕爲此也大吃一驚。
嬰孩呈裸體，全身一絲不掛。蜷曲著身子坐在缸底，閉著雙眼熟睡。

忘歡於三天前留下這缸子。度過了整整三天三夜，那嬰孩竟然也沒凍死。

再說，這期間他應該也沒喝下任何一滴奶水或清水。雖說是在缸內，但嬰兒被埋在地底，竟也能呼吸。

至今爲止，這嬰孩就一直被擱在缸內？或者這是第一回，之前裝的是其他東西？

沒有人知道答案。

正當其中一個家僕打算自缸內取出嬰孩時，忠季阻止道：

「不必了。」

忠季又說：

「你們別忘了，我們可是把忘歡大人說過不准看的缸子挖出，打開蓋子看了裡面的東西。再說，這嬰兒被放在缸內，三天三夜，不吃不喝也不哭，現在仍沉睡著，怎麼想都是件怪事。這不可能是普通嬰孩。大家都別碰，封上缸子埋回原處……」

於是，事情就這麼決定了。

然而——

自此，忠季宅邸內再度開始發生不祥之事。
擅自挖出缸子看了裡面的東西後，過了三天，一名家僕摔跤折了腳骨，翌日，忠季本身又臥病在床，而且病情比之前更嚴重。
忠季想，這完全是因爲挖出那缸子，看了裡面的東西所致。
他很想解決問題，但是距離忘歡下次來訪還有二十餘日。
「結果他束手無策，這問題就轉到我這兒來了？」晴明問。
「是的，晴明。」博雅點頭答，「忠季大人遣人到我那兒，求我找你幫忙。」
「博雅，既然是你來找我，我無法婉拒吧……」
「那麼，晴明，你願意跟我一起去嗎？」
「嗯。」
「什麼時候去？」
「明天如何？」
「我無所謂。」
「那麼，就明天吧……」
「你要去？」

「走。」

「走。」

事情就這麼決定了。

三

「噢，出現了……」

橘忠季雙手拄著拐杖，勉強站著如此說。

臉色很蒼白。

有好幾個人用鋤頭或鍬正在挖掘庭院，此刻那口缸總算出現。

下人從坑洞內搬出缸子，擱在地面。

果然如博雅所說，缸口封紙，用繩子綁住。紙上寫著：

惡事當入

禍事莫出

「晴明，正是這口缸子……」

站在晴明身旁的博雅說後，咕嘟一聲嚥下唾液。

「有人可以打開缸口嗎？」

晴明如此說，卻沒人立刻自告奮勇。

眾人只是面面相覷。

萬一缸內仍有嬰孩，而且還活著的話——

不，萬一早已死了——

無論結果如何，都令人心生恐懼。

不料，家僕政之上前道：

「讓我來。」

政之挨近缸子，首先解開綁住封口紙的繩子。

「接下來……」

他戰戰兢兢地捏著紙張一角掀開。然而，他雖掀開了紙，卻似乎沒有勇氣探看缸內。

「怎麼樣了？」忠季問。

政之別過臉不看缸內，反倒緊張地問：

「什、什麼怎麼樣了？」

「我是問缸內怎麼樣了？有沒有嬰孩?!」

既然主人忠季這麼說，政之只能死心，豁出一切朝缸內看。

「沒、沒有。」政之道。

「什麼？」

「沒有。之前應該在缸內的孩子不見了。」

晴明和博雅也同時挨近缸子，輪流看了缸內。

別說嬰孩了，缸內空無一物，連泥土也沒有。

「原來如此，原來事情是這樣……」

晴明並沒有露出特別驚異的樣子，只是點頭如此說。

「晴明，你說原來如此，是表示你事前已知缸內空無一物了？」博雅問。

「不是我早已知道，而是我猜測事情應該如此。」

「那、那麼……」忠季不安地問。

「貴府再度發生禍事，應是缸內嬰孩消失之故。」晴明道。

「什、什麼？」

「你們當中有人親眼看到那嬰孩嗎？」晴明問。

在場的人雖然戰戰兢兢，卻紛紛說看到了。

忠季和政之也說看到了。

「忠季大人，我想問問當時的詳情，到底是什麼樣的嬰孩？」

「什、什麼樣的意思是？」

「看上去約幾歲？」

「還說不上幾歲。看上去像出生不久，頂多只有一歲上下……」

忠季望向政之，似乎在徵求同意。

「忠季大人說的沒錯，那孩子確實不像已滿周歲……」政之答。

「那嬰孩是男孩，還是女孩呢……？」

「這……這個，我看不出來。」忠季答。

「還有其他引人注意之處嗎？」

晴明問在場的家僕及挖掘坑洞的眾人。

眾人只是面面相覷，不知所措地抬眼又垂眼。似乎都在等別人先開口。

「什麼事都好。」晴明道。

「老實說，我發現一件事……」一個家僕答。

「什麼事？」

「是那嬰孩的事，他的屁股長著一條類似尾巴的東西。」

「尾巴?!」

「不，不是。我不知道是否眞是尾巴，只是看上去類似尾巴。也許是類似繩子的東西。在屁股底下，其他人也許沒看見，但從我站著的地方正好看到了……」

「你看到了？」

「是。」

「是什麼樣的尾巴？」

「雖然我沒親眼見過，但很像傳聞中的虎尾……」

「顏色呢？」

「我記得底色是棣棠[5]色，上面有黑色條紋……」

「我明白了。」

晴明恍然大悟般地點點頭，再問忠季：

「我有點事想請教大人。」

「什麼事？」

---

5 原文為「山吹」，學名*Kerria japonica*，薔薇科（Rosaceae）薔薇亞科（Rosoideae）棣棠花屬（*Kerria*）唯一一種植物。灌木，花為獨特之黃色。故日人常稱接近橙色的濃黃色為山吹色。

「宅邸內的人或進出宅邸的人之中……尤其挖出缸子那天在場的，有沒有人失去近一年內落地的嬰兒……？」

「這、這又怎麼了？」

「我只是覺得有必要問。如果沒有，我再考慮其他可能性，不過我認爲這個可能性最大……」

「什麼最大？」忠季問。

晴明沒回答，反問：

「有嗎？」

「到底怎、怎麼樣？」

結果一個家僕答：「有。」

他說：

「負責本宅庭院樹木的園丁，名叫豬介，他在本宅工作，有個出生不到五個月的孩子病逝了。」

「叫豬介的那人，挖出缸子那天是不是在場……」

「在。」家僕答。

「那個豬介，今天在不在？」

「不在。」

「不在？」

「挖出缸子那天，他因工作借宿本宅，第二天回家後便沒再來了。」

「是因爲他的工作結束了嗎？」

「不是，庭院的工作還沒做完，只是園丁不僅豬介一人，還有其他人，少了一人也不會影響庭院工作的進度……」

「你是說，他就那樣丟下了工作？」

「是。」

「自打開缸子那天算起，今天是第八天吧？」

「是。」

「豬介家住何處？」

「住在西京，天神川附近。」

「我必須去一趟。有人可以帶路嗎……」

政之聞言上前答：

「我去過一次，知道他家在哪裡。」

「那麼，請你帶我們去。」

「現在嗎？」

「是的，現在……」

聽晴明如此說，政之望向忠季。

「照他的話做，馬上去準備。」

政之聽忠季這樣說，彎腰答：

「是。」

政之言畢，正打算轉身時，晴明又開口：

「政之大人，那張紙……」

原來政之剛才掀開缸口的封紙後，仍把紙張拿在手上。

「這張紙有什麼問題嗎……」

「能不能交給我……」

「是，是。」

政之不問理由即將紙張遞給晴明，轉身離去。

不待他的背影消失，晴明便說：

「請給我筆墨……」

「要筆墨做什麼？」忠季問。

「我認爲最好通知忘歡大人這件事……」

「通知？」

「是。」

晴明邊答邊摺起手中的紙，看上去像是摺成鳥形。

當他摺完，筆墨也準備好了。

晴明取過毛筆蘸了墨汁，在剛摺成鳥形的紙上不知寫下什麼。

「晴明，你在寫什麼？」博雅問。

「我在寫事情的來龍去脈……這是要讓忘歡大人知道的。」

晴明左手持著寫上文字的紙，微微吹了一口氣，讓紙張飄出半空。

不知是順風還是憑藉其他力量，紙鳥高高飛上天空，往南方飄去。

「它將飛到哪兒？」博雅問。

「飛到忘歡大人那兒……」

「眞的嗎？」

「只要上面有忘歡大人親手寫的咒文，紙張自然會飛至忘歡大人手上。」

晴明還未說畢，政之便回來了。他躬身向晴明說：

「晴明大人，隨時可以上路。」

四

牛車咕咚咕咚地在京城大路往西前行。

「晴明啊。」博雅在牛車內說。

「什麼事？」

「你應該多少知道這是怎麼回事了吧？」

「多少知道。」

「那麼你就告訴我吧。那缸內的東西到底是什麼？」

「不能說。」

「又來了……」

「我大約猜測到眞相。只是，在確定之前，我若說出，萬一猜錯了，你大概又要說三道四。」

「不會。」

「會。」

「就算還未確定也無所謂。你就在可能猜錯的前提下，將你的猜測告訴我不就得了……」

「博雅，正因爲我的猜測，我們現在才會前往豬介家，可是，我對這事也沒有把握。」

「唔……」

「到時候你就知道了。到時候你知道不就行了……」

「唔，唔……」博雅不滿地哼哼道。

「到時候就會知道。」晴明只是如此堅持。

不久，牛車停下。

「自此開始只能徒步。」

牛車外傳來政之的聲音。

五

「就是這裡。」

政之在草叢中走在前面帶路。

小徑兩旁滿是雜草，沙沙地摩擦眾人的衣襬。

那小徑只容一人避開草叢穿過。

左側是天神川，兩岸長著柞樹及櫟樹等雜樹。

政之身後是晴明，再來是博雅。

博雅身後又跟著兩名隨從。其中之一背著那口缸。

走著走著，不知何處傳來聽不出是人類哭聲還是獸吼的聲音。

哇……

哇……

繼續往前走，聲音愈來愈大。

喔哇啊啊……

喔哇啊啊……

「喂，晴明，那是什麼聲音？」博雅問。

「不知道。」晴明只是簡短作答。

「快要到了。」

政之剛說畢，前方便有人撥開草叢跑過來。

是個身穿破舊窄袖便服的男人。

「政、政之大人……」

男人奔至眾人面前止步，大喊。

「你、你不是豬介嗎？」政之也駐足問。

「爲、爲什麼到這裡來？」

豬介的聲音和神情都充滿怯意。

當他看到背著缸子自後方挨近的隨從時，頹喪地跪在地面。

「你們果然察覺了……」

而自跪在地面的豬介身後又走出一個女人，惴惴不安地站在豬介身旁。

那女人的眼神比豬介更畏怯，望著晴明與其他人。

「太、太可怕了……早知道會那麼可怕的話……」女人聲音顫抖著說：

「拜託大人救救我們吧。」

女人也在豬介身旁跪下合掌。

「這是我內人……」豬介在草叢中雙手伏地說：「非常對不起，是我帶走缸內的嬰孩。」

豬介朝地面叩頭。

「你的孩子過世了？」晴明問。

「是，大約半年前，我們得了個男孩，但一個月前，那孩子病逝了……」
「因此把缸內的孩子帶走？」
「是，我覺得被封在缸內的嬰孩很可憐，打算把他挖出，當做親生兒子撫育，於是夜裡挖出缸子，取出嬰孩，再把缸子埋回原處……」
豬介說話時，後面仍傳來「喔哇啊……喔哇啊……」的聲音。
「雖然那孩子有尾巴，但其他地方都和正常孩子沒兩樣，我們打算好好把他養大……沒想到竟會那樣……」
「你是說那聲音？」晴明問。
「是。」豬介點頭說：「帶回家裡後，那孩子也不吃不喝，卻長得一天比一天大……」
豬介與妻子都以畏怯眼神回頭看。
「今天我們實在太害怕，正打算逃走，沒想到那孩子……」
「怎麼了？」
「那孩子想爬出門。我們忍不住跑出來，結果在這裡遇上政之大人。」
豬介眼眶浮出淚水。
「總之，我們去看看吧。」

晴明催促博雅和政之，再度跨開腳步。

豬介和妻子也跟在三人身後。

愈往前走，那聲音便愈大。

喔喵……

喔喵啊……

喔喵啊啊……

走在前面的政之止步。

「晴、晴明大人，您看那個！」

政之雙腳癱軟往後退縮。

晴明和博雅自政之背後望向前方。

「喔，那是?!」博雅發出驚叫，倒抽了一口氣。

前方不遠處河邊有間房屋。

是間四周圍著矮籬笆的小屋。

那屋子的格子板門、柱子間都長出了手腳。

正面玄關伸出一個龐大的嬰兒臉。

正是那嬰兒在發出「喔喵……喔喵啊啊……」的哭聲。

房子所有縫隙都擠出類似胖嘟嘟嬰兒的白皙皮肉。

看來，嬰兒成長到房子那般大，而且正打算自屋內爬出。

那光景很詭異。

有根粗如一棵雜樹的虎尾，自房子地板下[6]伸出，啪啪地打著草叢。

「比我剛才逃出時又增大了一圈。」豬介說。

「必須盡快設法解決。」晴明道。

「晴明，有辦法解決嗎？」博雅問。

「只能試試看。」晴明望著愣在後方的眾人說：「把缸子拿過來。」

用繩子背著缸子的男人戰戰兢兢地挨近，把缸子擱在晴明腳下。

晴明把缸子重新擱穩在地面時——

「晴明大人，讓我來吧。」

後方傳來喚聲。

眾人回頭一看，有個白髮、白鬚、身穿破爛衣服的老人站在眾人身後。

「忘歡大人，您怎麼到這兒來了……」政之問。

「是我叫他來的。」晴明道。

「晴明大人，您特地通知，我深感惶恐。」

6 原文為「床下」（ゆかした），「床」即「地板」。日式建築多架高建造，房屋地板與地面間有空隙。

那老人——忘歡對著晴明舉起右手中的紙鳥。

接著慢條斯理地走來，說：

「晴明大人，讓我來吧……」

「倘若我來做，泰逢或許會消失。」

晴明自缸邊退後一步。

「不愧是晴明大人，原來您已知道那是泰逢……」

忘歡說著，站到缸前。

啪！

啪！

老人望著擊打地面和草叢的虎尾，走向虎尾，再伸出雙臂抱起那有如大蛇般蠕動的尾巴。

尾巴依舊甩動著，忘歡抱著尾巴來到缸前，將尾巴一端塞進缸內。

瞬間——

原本激烈蠕動的尾巴驟然文風不動了。

忘歡溫柔地撫摸那條尾巴的毛，口中喃喃念起咒語。

泰逢汪咂努序庫
努把序庫牟疋卡
泰逢汪咂努序庫
努把序庫牟疋卡

忘歡的聲音傳出後，剛才哭得那麼大聲的嬰孩也突然安靜無聲。

那拉那卡嗒雷牟劦嗚啦爿
那嘛哈迦拉西

隨著咒語聲，尾巴開始滑進缸內。不一會兒工夫，大半尾巴都滑進缸內。

以目測來說，尾巴只要滑進四分之一便能填滿那缸子。但此刻已有大半尾巴都滑進缸內了。按理說，應該不可能再有餘地滑進。但尾巴仍繼續滑進缸內。

終於整條尾巴都滑進缸內。

嬰孩的屁股肉也隨那條尾巴拉得細長，抵達缸口。

此時忘歡自懷中取出一把小刀，把刀鞘啣在口中，抽出小刀，自尾巴根部一刀兩斷斬斷尾巴。

他將小刀收回刀鞘，再度塞進懷中。

接著左手按住缸口，把右手伸入懷中，取出一張紙。

不知是否事前便已寫好，紙上寫著如下文字：

形不變

形不變

忘歡摩挲紙上的文字，徐徐念起咒語。

形……不……變

形……不……變

念畢咒語，忘歡說：

「結束了。」

忘歡說這話時，塞滿整個屋子的嬰兒已如枯萎的花那般，無精打采地變得稀薄、縮小。

嬰兒的臉龐和身軀也逐漸透明，令人可以看到對面的風景，過一會兒，便像煙消霧散那般無影無蹤。

「消失了……」

博雅這麼說時，已看不見嬰兒的影子。

「原來泰逢的眞面目是那條尾巴。」晴明道。

「是的。」忘歡點頭。

「根據《山海經》記載，泰逢是『其狀如人而虎尾』，據說可動天地氣並噬之的神祇。」

「原來您都知道了？」

「不，我本來也不知道泰逢的眞面目是那條尾巴……」

「大約四年前，我在熊野山中發現他時也難以置信，不過，他確實是泰逢無疑。」

「可是，還很年幼……」

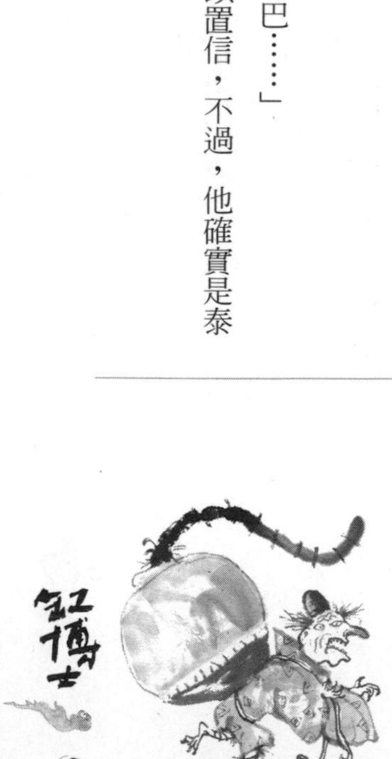

「等他成爲眞正的神祇，大概還要千年。」

「應該是吧。」

「我正是利用他可食天地之氣這點，放在這缸內，讓他四處呑食惡氣，賺點金子，不料……」

「在忠季大人宅邸被人打開缸子，令泰逢失竊了？」

「是的。之前都在山中放出惡氣，再把這缸子埋回原處，沒想到這回竟然失敗。」

「是。」

「由於他呑食惡氣，變得貪婪無比。他不分青紅皀白把這一帶的良氣或惡氣全吃掉，外形才會變成那樣吧。假如置之不顧，恐怕會成爲統治這一帶的惡鬼。」

「接下來，您打算怎麼辦？」

「這回讓我受夠了。我打算在有生之年好好養育他，再把他放入某個山岳或江河中，讓他成爲福神。」

「這樣做比較好。」

兩人說話時，政之插嘴道：

「晴明大人……老實說，到底發生了什麼事，在這兒又發生過什麼事，我完全不明白。不過，這事以後再請您慢慢說明，現在我聽了兩位的對談，意思是不是說，忘歡大人已不願再把缸子埋在我們宅內了？」

「似乎是。」

「那、那麼，我們宅內的禍事……」

「我另外給你們適宜的符咒，應該足以化解府上的禍事。」

聽晴明如此說，政之鬆了一口氣：

「拜託您了，晴明大人……」

六

「話說回來，晴明，你是怎麼知道的？」

說這話的是博雅。

晴明和博雅已自豬介家回來，正在對飲。

地點是晴明宅邸窄廊。

此時已入夜。

庭院草叢中頻頻傳出秋蟲叫聲。

「知道什麼？」晴明將酒杯送至脣邊。

「就是，缸內的嬰兒，那個……」

「是泰逢嗎……」

「是的，你怎麼知道那嬰兒正是泰逢？」

「不，我並非馬上明白那是泰逢。只是猜想應該是跟氣有關的某種神祇，聽了那條虎尾的事，我才知道是泰逢。」

「據說記載在《山海經》上？」

「嗯。」

「可是，難道所有讀過的書的內容，你全都記得？」

「唔，大致都記得。」

「晴明啊，仔細想想，也許你和泰逢有些相似。」

「什麼地方相似？」晴明喝了一口酒問。

「既然泰逢食氣，那麼你就是……怎麼說呢？因爲你一直在吞食那種東西。」

「什麼東西？」

「我是說，例如咒啊，例如《山海經》的內容，例如書籍之類的東西。你若不一直吞食那類東西，大概活不下去吧。」

「博雅，就算你說的沒錯，但要讓我活下去，還必須有另一樣東西……」

「什麼東西？」

「正是你，博雅。」

晴明瞄了博雅一眼，紅紅的嘴角浮出微笑。

「沒頭沒腦的，你在說什麼？晴明……」

博雅有點狼狽。為了掩飾狼狽，他一口氣喝乾杯中的酒。

「偶爾不看看你這種表情，就算活著也會很無聊……」晴明道。

「你有病啊……」

博雅說畢，將手中還沒擱下的酒杯送至唇邊，正要喝時，才發現杯內已無酒。

「博雅，你眞是個好漢子……」

晴明說著，淺笑起來。

器

一

庭院的櫻花即將綻放。

花蕾已飽滿地鼓起，隨時都會綻開花瓣。就連現在，每根枝頭也有兩三朵綻開的花。

蟬丸彈的琵琶聲在月色中嫋嫋不絕。

琵琶聲輕觸每一朵花蕾後，花蕾像是吸收了音色，比之前更飽滿。

這是位於土御門大路的安倍晴明宅邸——

晴明、博雅、蟬丸三人坐在窄廊。

蟬丸是盲目的琵琶法師[1]。

他在逢坂山[2]結廬而居，但今晚心血來潮造訪晴明宅邸。

日落時分，之前約好一起喝酒的博雅總算前來，成了三人。

蟬丸彈著琵琶，晴明和博雅邊聆聽邊喝酒。

式神[3]蜜夜坐在三人之間，有人杯子空了就幫忙斟酒，酒喝完了就進屋取酒出來。

1 彈奏弦樂說唱故事的盲目僧人。

2 位於滋賀縣大津市西部的山，標高三二五公尺。

3 式神，發音是「しきしん」(shikishin)，亦可唸成「しきがみ」(shikigami)。是一種凡人看不見的精靈。陰陽師能夠施法使這些精靈化為式神，並操縱他們，只不過操縱的精靈程度不一，或下等或上等，完全取決於陰陽師的能力。

如此已持續了將近一個時辰。

「眞是美好的夜晚……」

博雅喝乾了酒，擱下空酒杯說。

「晴明啊，在櫻花樹前聽著蟬丸大人的琵琶，喝著如天上甘露的美酒，是多麼奢侈的事啊。」

博雅只是在自言自語，並不指望晴明回答。

晴明大概也明白博雅的心理，他不點頭贊同並非表示沒聽進，只是以嘴角浮出的笑容代替答話，望著博雅。

「今晚眞是美好的夜晚。」

蟬丸停止彈琵琶，再接腔。

「雖然我看不見，但光聽博雅大人的話，就彷彿得見庭院櫻花的模樣。」

風有點涼，卻已非冬天那種砭人肌骨的寒冷。涼意中隱約含著溫潤，夜氣中甚至可以聞到即將綻放的櫻花幽香。

「我是不是太吵了？」

「不，沒那回事。博雅大人能代替我這雙看不見東西的眼睛，對我來說是一種奢侈……」

蟬丸膝前的窄廊擱著空酒杯，蜜夜執壺斟酒。

蟬丸看似已知酒杯所在之處，以不像盲人的動作伸手舉起酒杯，含了一口。

「眞是美酒。」蟬丸說。

「博雅啊……」晴明低聲道。

「什麼事？晴明。」

「作爲容器來說，你眞是不凡。」

「什麼意思？」

「就像美酒要倒進名器一樣，你這個容器裡也注入了美好事物，那些美好事物充滿了你這個容器。」

「晴明啊，你這句話好像在誇獎我，不過我還是沒聽懂。」

「我們來談談咒的話題，好嗎？」

「不好，不要談咒。我要是聽你談咒，何止聽不懂，連我原本懂得的事都會迷迷糊糊起來。」

「那麼，用其他東西來比喻吧？」

「嗯。」

「比如，語言這種東西，正是盛裝人心的容器。」

「什麼?!」

「櫻花這個詞也是同樣道理。」

晴明望向庭院的櫻花。

不知是不是錯覺，花蕾看似比方才更飽滿。

「因爲有櫻花這個詞，我們才能將心中浮現的所有櫻樹姿態……例如那棵亭亭玉立的樹幹、即將綻放的花蕾、隨風飄散的花瓣等，全盛裝在櫻花這個詞裡。」

「唔……」

「就某種意義說來，存在於這世上的大部分物事，都是一種容器。不，正確地說，人認知的所有物事，都是基於容器和其內盛裝之物的關係而成立。」

「唔唔……」

「看著櫻花花蕾，你心中會浮出許多感情。如果你將這些感情命名爲『憐愛』，你就能以此將你心中浮出的感情盛裝進『憐愛』這個詞內。」

「唔唔唔……」

「悲傷也好，喜悅也好，當這些感情被盛進容器後，我們才能理解悲傷或喜悅到底是什麼樣的感情。」

「唔唔唔唔……」

「源博雅的存在，也是基於這種道理而存在於這世上。」

「我也是？」

「我的意思是，你這副軀殼也是為了盛裝『源博雅』這東西而存在的容器。」

「不過，晴明啊，這世上不是另有既無法盛入容器，也無法用語言表達的東西嗎？」

「確實有。」

「那些東西該怎麼辦呢？萬一碰上那種東西，我們該怎麼辦呢……」

「所以說，人在這個時候就會吟詠和歌……」

「和歌?!」

「源博雅不用吟詠和歌也行。你不是會吹笛嗎？你可以用笛子吹出語言無法表達的東西……」

「這、這意思是……晴明啊，就某種意義說來，我吹笛時的旋律相當於一種語言嗎？」

「是的。」晴明答。

「似乎聽懂了，又似乎沒聽懂，我有種被騙的感覺。」博雅說後，嘆了口氣。

此時——

不知從何處傳來奇妙的聲音。

喔哇啊啊啊啊啊……

喔哇啊啊啊啊啊……

像是人的哭聲，又像是野獸在遠方嚎叫，卻兩者都不是。

啊哇啊啊啊啊啊……

啊哇啊啊啊啊啊……

聲音從黑暗彼方逐漸挨近。

嗚喔喔喔喔嗡……

嗚喔喔喔喔嗡……

那聲音像在大聲哭喊，又像拚命掙扎，也像忍受著某種痛苦。

聲音從黑暗彼方逐漸挨近，再經過晴明宅邸的土牆外。

嗚喔喔喔喔喔喔嗡……

嗚喔喔喔喔喔喔嗡……

挨近的聲音漸漸遠去。

「那大概是勸進坊……」博雅低聲道。

「勸進坊？」

「不知道嗎？晴明。」

「嗯，不知道。」

「最近有個男人經常在京城大街小巷邊走邊哭。」博雅說。

那男人——頭髮蓬亂，長及肩膀。面孔隱藏在頭髮裡，只能看到炯炯發光的雙眼。

不但看不出他的歲數，也看不清五官。

身上穿著一件看似從未洗過的破爛衣服。他隨時都有可能路倒，死在街頭，大概有人施捨吃食才沒死，仍在京城裡徘徊。

「是瘋了吧？」

人們如此議論。

無論誰去搭話都不回答。

很臭。

他身上的衣服似乎滲透了大小便和汗水污垢的味道。

雖然穿的不是僧衣，但眾人認為他原本應該是勸進[4]和尚，因故發瘋，之後便稱他為勸進坊。

「不過啊，晴明，這個勸進坊有時候看起來不像發瘋。」

「是嗎？」

「大概三天前，我也碰見了勸進坊。」

「在哪兒？」

「五条大橋。」

「五条大橋現在不是不能用了？」

晴明說的沒錯。

去年秋天，洪水沖垮了五条大橋。中間的橋墩被沖走了好幾根，橋中央朝下游傾斜得很厲害。已經不是能供人通行的狀態。

大約十天前，又有一根橋墩倒塌，預計今年春天著手修理。

「我沒有過五条大橋，是在橋畔碰見他的。」

---

4 四處化緣。

「唔。」

「雖然那座橋已經傾斜，無法通行，不過那模樣別有一番風情，散發一股吸引人的哀憐。月明的夜晚，我有時會特地去那兒吹笛。」

博雅說，三天前的夜晚正好來了興致，於是又去五条大橋橋畔吹笛。

博雅待東山月出才吹起笛子。

隨著逐漸遠離山頭，月亮也逐漸明亮起來，光亮耀眼。

博雅在月光下吹了一會兒笛子。

喔喔喔喔嗡……

喔喔喔喔嗡……

突然聽到什麼哭聲。

聲音漸漸挨近。

博雅原以爲那聲音會一直挨近，不料聲音在中途停止。

博雅繼續吹著笛子。

吹了一陣子，博雅察覺到某種動靜，不經意地抬起頭，發現對面柳樹下站著個人影，正在凝視博雅。

「那人就是傳聞中的勸進坊。」

博雅在吹笛時，勸進坊寸步不移，看似在傾耳靜聽博雅的笛聲。

待博雅吹完笛子，勸進坊也不知何時消失蹤影。

「我覺得，那模樣好像不是完全發瘋的人，晴明……」

博雅道。

「他可能遭遇了某種極爲悲傷的事，晴明啊，如果用你的說法來形容，他那個所謂『自己』的容器應該盛不下過大的悲傷，所以只能往外流溢吧。在外人看來，他那種往外流溢的悲傷感情，或許就像發瘋一樣……」

聽著博雅說的話，微微頷首的蟬丸喃喃自語：

「大概眞是這樣吧。」

「博雅，其實今天蟬丸大人也是爲了類似的事而來。」晴明說。

「蟬丸大人也是？」

「可以這麼說吧。」

「是什麼事呢？如果方便，能否告訴我？」

「是。」

蟬丸用力點著細長脖子，開始述說。

「那件事發生在三年前的秋天……」

蟬丸應邀造訪一位名叫橘諸忠的武士宅邸。

二

橘諸忠的宅邸位於西京。

他和蟬丸是老相識，蟬丸經常受諸忠之託，前往西京宅邸彈奏琵琶。

那天，蟬丸以爲諸忠又想聽琵琶而造訪西京宅邸，結果不是。

「老實說，我有事相託。」諸忠說，「希望您能教一名女子彈琵琶。」

一問之下，原來是這麼回事。

那年夏末——

有名女子站在諸忠宅邸前。

諸忠有事去了趟仁和寺，騎馬歸來時，看到那名女子站在大門前。

那女子衣著髒亂，頭髮也看似沒梳過的樣子，但如果洗淨污垢，換上衣服，應該相當美。

不過，她的眼神和臉上均沒有表情。只是呆然站著。貌似靈魂出竅了。

直接視而不見置之不顧也無所謂，但諸忠放不下心，騎在馬上問道：

「這位女子，妳從哪兒來的？」

但是，女子不答話。只是佇立在原地。

「我問妳從哪兒來的？」

諸忠再度問，女子依舊沒有反應。

諸忠本來打算不再理睬對方，直接進宅邸，卻因爲問了話，反倒對那女子更放不下心。大概覺得那女子素而不飾很美，竟產生一股莫名的好感。

「跟我來。」

諸忠對女子說，進了大門。女子似乎聽懂了諸忠的話，怯生生地跟在諸忠身後進門。

命侍女幫忙沐浴更衣後，果然如想像中一樣，那女子相當美。

不過，女子依舊不開口，只是精神恍惚地望著某處。

到底是個怎樣的女子呢？

究竟她之前住在哪兒，又爲何站在那地方——這些問題都一無所知。

雖然不能說諸忠毫無醉翁之意，但他也沒有想對女子怎樣的明確打算。

只知道這女子似乎視力不佳。即便看得見，也只是在一片模糊中勉強可以分辨出明暗的程度。

「妳眼睛看不見？」

諸忠如此詢問，但女子不點頭也不搖頭。

她沒有心。

女子宛如失去靈魂的生物。

事情有點詭異，只是諸忠自己帶女子進來，總不能再趕走她，恰好庭院一角有間既非獨立房舍也非草庵的空屋，於是就讓女子住進去。

諸忠讓女子落髮，並替她取名爲春陽尼，爲的是防止身分不明的男子來訪，另一方面是女子沒有名字實在不方便。

他安排了一名侍女跟在女子身邊。

女子的眼睛雖看不見，住習慣了後，也能在小庵或宅邸內自由走動。不但能自己吃飯，也能自己如廁。

然而，女子沒有心。

不知是不是也失了聲，她從不開口說話。

耳朵似乎還能聽見，也大致能聽懂別人說的話，不過，若放任不管，她就終日什麼都不做，只是呆呆坐著或站著。

當初爲何讓這女子住進家裡呢？

說勢不得已也確實是勢不得已，可是，失落了心的春陽尼的確很可憐，令人同情。

此時，諸忠想起了蟬丸。

女子的眼睛雖然看不見東西，但耳朵似乎聽得見，既然如此，讓她跟著蟬丸學彈琵琶也無妨。

於是蟬丸便應諸忠之邀前來。

「好的。」

蟬丸答應了諸忠的請求。

他決定教春陽尼彈琵琶。

蟬丸也是目盲之人，或許他另有想法。

教琵琶之前先讓她聽曲子。

蟬丸在春陽尼面前彈奏了琵琶。

彈的是傳自大唐的祕曲〈流泉〉。

那是首悲切的曲子。

將流逝的時光喻作流水，感嘆人生短暫無常。

此時——突然發生令人吃驚的事。

蟬丸彈奏〈流泉〉至最精彩處，春陽尼的眼中溢出淚水。

蟬丸當然看不見春陽尼的淚水，但從四周人的反應也能得知此事。

「怎麼了？春陽尼啊，妳爲何哭泣呢？」

在場的諸忠問道，但春陽尼依舊沒作答。

春陽尼的雙眼不停掉落大滴淚珠，順著臉頰淌下。她淚流不止。雖然不知春陽尼爲何流淚，總之，她在聽蟬丸的琵琶聲時，似乎能恢復感情。

那天起，蟬丸便開始教春陽尼彈琵琶。

蟬丸並非每天都來。

他一個月來幾趟，從琵琶的拿法開始教，繼而教彈法。只要蟬丸來了，短則三天，長則七日，都住在諸忠宅邸教春陽尼彈琵琶。

蟬丸前來就能聽到蟬丸彈的琵琶聲，因此諸忠也很高興。

蟬丸教得很周到，手把手地逐步教。

春陽尼也學得很快。

僅三個月便能彈奏簡單曲子，一年後已有小成，兩年後即練成無需再教的本事。

第三年，蟬丸只是偶爾前來探看。

只要春陽尼在身邊，即便蟬丸不在，諸忠想聽琵琶時，隨時都能聽到。

對諸忠來說，春陽尼的琵琶技藝是意想不到的收穫。

但是，春陽尼依然不出聲，除了彈奏琵琶外，她照舊終日凝神發呆。

這時，諸忠又請蟬丸前來。

蟬丸來到諸忠宅邸時，諸忠說：

「發生了驚人的事。」

原來至今為止一言不發的春陽尼突然在昨天開口說話。

昨天早上，春陽尼來到諸忠住的正房，向諸忠說：

「能請蟬丸大人前來一趟嗎？」

「哦！怎麼回事？春陽尼，妳能說話了？」

諸忠如此問，但春陽尼不作答，只是反覆說：

「能請蟬丸大人前來一趟嗎？」

因此諸忠才請蟬丸前來。

總之，蟬丸先和春陽尼見了面。

地點是春陽尼住的小庵。

蟬丸和諸忠兩人面對春陽尼坐著。

蟬丸坐在春陽尼對面，豎起耳朵靜聽。

蟬丸和春陽尼均是目盲之人，彼此能傳達的只有相互之間的動靜和身體溫度，以及呼吸。

「蟬丸大人，承蒙您長久以來教授琵琶，實在感激不盡。」

春陽尼的聲音先響起。

那聲音清澈又肅靜。

「同時，承蒙諸忠大人長年來悉心照料，感恩戴德，我眞不知何以爲報。」

比起這些致謝話語，諸忠更想問一件事。

「春陽尼啊，妳到底什麼時候開始能說話的呢？」諸忠問。

「昨天早上。」春陽尼答。

昨天早上正是春陽尼託諸忠請蟬丸前來那時。那麼，春陽尼應該在那之前剛能開口說話。

「妳想起過去的眾多事情了嗎？妳本名叫什麼？」

「現在我想說的、不得不說的事情很多，但還是讓我從大約十天前我碰到的怪事先說起吧……」

「妳想說什麼就說什麼。」諸忠道。

「會來。」春陽尼說。

聲音顫顫抖抖，像在強忍著某種感情。

「會來？什麼會來？」

「孩子。」

蟬丸聽到那聲音時，才明白春陽尼在哭泣。

三

據說起初是氣息。

夜晚，正在熟睡的春陽尼察覺到某種氣息。

她察覺時，以爲是平日在身邊照料一切瑣事的侍女。但侍女總在傍晚就退下，回自己的住所休息。

屋內應該空無一人。

可是，有氣息。

那氣息不是侍女也不是諸忠。

這點程度她還聽得出來。

到底是誰呢？

春陽尼在內心問。

她傾耳靜聽那氣息。

結果，聽到哭聲。

不，不是那種能清晰傳入耳中的聲音。是一種非聲之聲。不是傳入耳中，而是傳入心中的聲音——並且是孩子的哭聲。

「雖然耳朵聽不到那聲音，但我心裡很清楚那是孩子的哭聲……」春陽尼說。

她躺在被褥撐起上半身，那氣息逐漸挨近，之後突然摟住她。

小小的身軀，瘦弱的手腳——果然是個孩子。

身體極爲冰冷。

那孩子沒有人體該有的體溫。而且似乎全身濕透了。

春陽尼一點都不害怕。她知道那孩子並非可怕的東西。比起可怕，她反倒心生一股憐愛之情。

眼淚突然溢出，她伸出雙手摟住孩子的軀體，緊緊抱住孩子。

她壓抑不住心中那股疼惜之感。

冰冷的身軀令人憐惜得很。

只是，這孩子的身體爲何又濕又冷？

況且，偎在她懷中的孩子正在無聲抽泣。

她鬆開摟住孩子的雙手，打算確認孩子的存在時——

「那孩子的氣息已經消失了。」春陽尼說。

到底是夢境，還是現實？她剛才明明還覺得孩子在她懷中，此刻竟然消失了。手臂仍殘留著那孩子身軀上的冰冷，也清晰記得孩子用力摟住她的力度。

然而，孩子消失後，她也漸漸覺得可能是夢境。

不僅孩子的存在。她連自己的存在都無法確定。

仔細想來，自己到底是哪裡的什麼人？叫什麼名字？她連這些都一無所知。

她只有被帶進這宅邸之後的記憶。不過，就連這段記憶，當她想回憶某些事情時，所有細節竟變得模模糊糊。這時她才明白，原來此刻的她，是個連在現實中，自己身上發生的事都無法完全理解的存在。

起初，無論對侍女或對諸忠，她都說不出孩子的事。

她的記憶本來就混混沌沌。如果對方問起發生了什麼事，繼而追問下去，她大概也無法有條有理地說明。

但是——

「第二天晚上，那孩子又出現了。」

不只第二天晚上。

第三天晚上、第四天晚上，那孩子都出現了。

每次出現時都是同樣狀態。

夜裡，感覺那氣息而醒來。

孩子在哭泣，她坐起身後，孩子會過來摟住她。孩子的身軀冰冷得如同全身濕透。接著，不知何時，孩子就消失了。

這事一直持續到第十天夜晚——

孩子果然又出現了。

春陽尼想，只要不鬆開摟住孩子的雙手，那孩子應該不會消失，於是一直緊緊摟住孩子。豈知清晨時，她只是稍微放鬆手臂，懷中的孩子就消失了。

春陽尼情不自禁叫出聲。

「你是誰？你別走！你到底想要我做什麼？」

發出聲音後，春陽尼自己大吃一驚，至今爲止的記憶也突然鮮明起來。

但她的記憶僅止於住進這宅邸之後的事，之前到底在哪兒做些什麼，包括自己的名字，她依舊想不起來。

只是隱約感覺，如果弄清楚那孩子到底是誰，或許就能想起自己的過去和名字。

「所以我才託大人請蟬丸大人前來。」春陽尼說。

「爲什麼是我？」蟬丸問。

「以前您在教我彈奏那首祕曲時，提起過安倍晴明大人的事。」

春陽尼接著說。

「聽說幾年前在羅城門有個從天竺來的妖鬼，名叫漢多太，那妖鬼用一把名叫『玄象』的琵琶彈了這首祕曲。那時，經晴明大人和博雅大人盡力，說服了妖鬼，琵琶『玄象』總算回歸皇上手中……」

「我記得確實提過這件事。」

蟬丸記得，當時雖然不知道春陽尼能否理解他說的話，但在教授琵琶的空檔時，確實向春陽尼提過這件事。

此刻他才明白春陽尼在當時理解了他說的話。

「所以呢？」蟬丸問。

「所以我想，如果拜託安倍晴明大人，或許他能幫我解決這回發生的怪事。」

「於是喚我前來。」

「是。我想拜託蟬丸大人請晴明大人出面解決這回的事，因此才向諸忠大人提出無理要求，請您過來一趟。」

四

「事情就是這樣，我正在向晴明大人說明此事的來龍去脈，剛好博雅大人也來了。」

蟬丸終於說完整段事情的經過，再補充道。

「事情就是這樣，博雅。」晴明說。

「唔……」博雅看似總算恍然大悟。

「你打算怎麼辦？」晴明問。

「什麼怎麼辦？」

「去嗎？」

「去哪兒？」

「如果你方便，我想最好今晚就前往橘諸忠大人宅邸看看。此刻出發，應該可以在那個童妖出現之前抵達宅邸。」

「唔，嗯。」

「怎麼樣？去嗎？」

「嗯。」

「走。」

「走。」

事情就這麼決定了。

五

晴明、博雅和蟬丸三人躲在圍屏後，靜悄悄地呼吸。

春陽尼睡在圍屏外不遠處的被褥中。雖然她沒有翻身的動靜，但眾人都明白她沒有眞正睡著。

她在等童妖出現。

照在庭院的月光反射至屋內，漆黑室內隱約能看見春陽尼隆起的身軀輪廓。

圍屏四周設了結界，只要不發出聲響，妖物出現時也察覺不出三人的存在。

「可是，晴明啊，眞的會來嗎？」博雅低聲問。

「應該會來吧。」

這十天來，童妖每晚都會出現。不可能只在今晚不出現。

「如果來的東西不是春陽尼大人描述的孩子，而是更可怕的東西，到時候該怎麼辦呢？」

博雅的意思是，可能是某種邪惡的東西假裝成孩子的外貌，欺騙目盲的春陽尼。

「到時候再說吧。」晴明簡短冷淡地答。

這時——

「好像有什麼東西來了。」蟬丸低聲道。

就在眾人噤口時，窄廊出現一道佇立的朦朧青光。

形狀模糊不清，但其大小和小孩差不多。

看上去像是青色月光在該處凝聚成人形。

繼續看下去，那青光時而往左、時而往右——或者往前、往後，飄悠地搖來晃去。

青光搖搖晃晃地挨近。

正好停在春陽尼躺著的枕邊。停住後，身體仍在搖晃。那東西似乎邊搖晃邊俯視春陽尼。

春陽尼在被褥裡坐起。

那團大小如孩子般的朦朧青光往前伸出看似雙手的東西。

右手似乎握著某物。類似細長棒子。

凝視棒子的博雅突然叫出聲。

「啊！」

瞬間，那團亮光停止晃動。

之後，瞬間消失蹤影。

「啊，等等——」春陽尼叫出聲。

她大概察覺那氣息消失了。

晴明率先從圍屏後出來。博雅和蟬丸緊隨其後。

「哎呀，抱歉，晴明，我不由自主地叫出聲。」博雅說。

晴明卻聽而不聞，只是望著剛才那團亮光佇立的地板。

「怎麼了？」

諸忠似乎也察覺發生了事情，帶著兩名下人從正房舉著燈火前來。

此時，晴明已單膝跪地，右手貼在剛才青光佇立的地板。

「冰冷得如全身濕透……」晴明喃喃自語。

晴明仍將手貼在地板，小聲念起咒語，接著抬起右手，再伸出食指點向地板。

「吩！」

晴明的食指觸及地板時，地板表面出現一圈看似斑痕的圓環，逐漸暈開。那斑痕和剛才佇立該處的青光一樣，發出青白色亮光。

看上去像是發出青光的水滴落在地板，形成的一圈水跡。

「噢……」

博雅發出叫聲。

因爲那團青光從地板、窄廊直至庭院，都留下點點斑痕。

宛如剛才佇立此處的青光邊移動邊滴下的，不知是汗水還是水滴的痕跡。

痕跡從庭院延伸至宅邸外。

「跟去看看。」

晴明說畢，站起身。

六

水跡在夜晚的京城大街點點滴滴延伸至東方。

晴明循著水跡往前走，身後跟著博雅、蟬丸、春陽尼，還有諸忠和兩名下人。

諸忠牽著目盲的春陽尼的手。

順著水跡往前走，最後來到鴨川堤壩。再順著堤壩南下，抵達五条大橋時，那水跡越過堤壩往河灘方向延伸。

水跡在河灘石子上點點滴滴延伸——

「是河裡。」博雅喃喃低語。

原來水跡在鴨川河水邊消失了。

暫且不論那青光到底是何物，總之，青光似乎隱身在鴨川裡。

鴨川的淙淙水聲在黑暗中迴盪。

月光在水面閃閃搖曳。

下流不遠處，可以看見中央部分已傾倒、半段橋浸在河中的五条大橋黑影。

「這到底是怎麼回事？」諸忠呻吟道。

晴明望著消失在河中的青光痕跡，說：

「看上去像是水滴成的痕跡，但這本來就不是水，應該有辦法解決。」

晴明說畢，在河水邊蹲下，將右手伸進河中，再度小聲念起咒語，從河中收回手後，攤開手掌擊向水面。

啪！

此時——

水面又出現那水滴般的點點青光痕跡，往前延伸。

「噢！」諸忠叫出聲。

水跡延伸至崩塌的大橋中央——剛好是十天前倒塌的那根橋墩底部。

「那兒有艘小船。」晴明說。

仔細看去，確實有艘小船繫在河岸的木樁上。

「有人能划那艘小船到那根橋墩附近，看看到底有什麼東西嗎？」

諸忠立即命兩名下人划小船過去。

一名下人用竹竿撐船，另一人站在船頭望著水中前行。

划到那根橋墩底部後，小舟停止前行。

「這兒好像有什麼東西沉在水底，搖來搖去。」

蹲在船頭探看水中的那名下人說。

「能不能從河中打撈上來運到這兒？」晴明問。

「我們設法試試。」

答話的下人從小船跳進河中。水深剛好及他的胸部。

潛入水中的下人再度伸出頭，發出尖叫。

「好像是、是孩子的屍體！」

下人將屍體撈上船，運到在河邊等待的晴明一行人眼前。

屍體橫躺在河灘石子上。

確實是具大半已成白骨的孩子屍體。

看上去大約五、六歲。

屍體在月光下發出青色亮光。

「小、小笛！」

這時，春陽尼發出叫聲。

「什、什麼？小笛是誰？」諸忠問。

「這孩子，是我的兒子小笛！」

春陽尼大喊，緊緊摟住屍體。

仔細瞧去，屍體纏著水草，有些水草甚至侵入口中。

「噢！噢！你一定很冷吧？一定很冰吧？嘴巴塞著水草，你才無法呼救，也無法叫出我這個母親的名字吧……」

春陽尼邊哭邊從孩子口中逐次取出水草。

「看來妳都記起來了。」諸忠道。

「一切都……」春陽尼說，「我名叫紅音，住在丹波，我丈夫名叫丹波青人。三年前，我想要實現一個願望，便和丈夫青人還有這個孩子小笛，三

人去參拜伊勢大神。歸途中在鴨川河灘休息，結果在河中玩水的小笛被流水沖走。」

數天前下的雨令河水上漲。

丈夫青人慌忙跳入河中想救起小笛，不料兩人都在眨眼間被水沖走——

「一會兒就看不見他們的蹤影。」

春陽尼邊哭邊喊跑向下游。

「我只記得這些事。」

同時失去孩子和丈夫的悲痛令春陽尼一直失了心。

本來就不大好的眼睛也因此而幾乎全盲，她似乎在京城到處流浪，最後站在諸忠宅邸前。

「妳想實現的願望是……」博雅問。

「我希望我的眼睛能好起來……」春陽尼答。

「此刻妳的眼睛不是看得見了嗎？」晴明問，「妳剛才說，小笛口中塞著水草，而且妳還取出那些水草……」

「啊！」

眾人皆叫出聲。

春陽尼的確看到孩子的模樣，才走過去摟住孩子的屍體。她在這時應該已經看得見小笛了。

「三年前，小笛卡在那座橋的橋墩下，後來又被水流沖來的岩石蓋住，這回的洪水沖垮大橋，讓小笛再度出現……整件事情是這樣吧……」

諸忠喃喃自語。

「話說十天前，正好是孩子在春陽尼面前現身那時……」

「那根橋墩剛好在十天前倒塌，令橋墩底部浮出，那時岩石下的屍體也一起浮出了吧。」晴明道。

「晴明，你看……」

順著博雅指的方向望去，小笛右手似乎握著一根棒狀的東西。

「是笛子……」

「剛才這孩子出現時，我不由自主叫出聲，正是因爲看到這支笛子……」

博雅說。

「這孩子自懂事以來就很喜歡笛子，丈夫用竹子做了一支笛子給他，他總是吹得很開心。所以我們才叫他小笛……」

屍體手中握著的正是那支笛子。

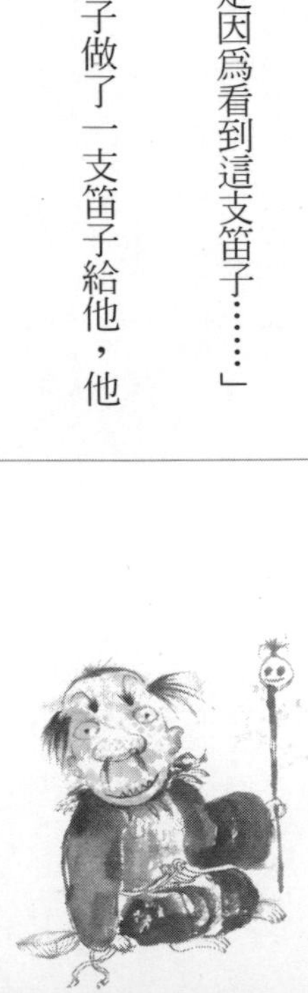

春陽尼再度哭倒。

博雅從懷中取出葉二，貼在脣上吹了起來。

笛聲在鴨川的淙淙水聲上響起。

笛音彷彿溶入月光中，向四方迴盪。

這時，不知從何處傳來哭聲。

嗚嗚嗚……

嗚嗚嗚嗚嗚……

正是勸進坊的哭聲，哭聲逐漸挨近。

有個人影和哭聲同時出現在堤壩上。人影似乎受笛聲吸引，從堤壩下來，走在河灘石子上，朝這方向靠近。

那人影果然是勸進坊，他來到眾人面前時，已經停止哭泣。

他站在河水邊，雙眼炯炯發光地俯視春陽尼和小笛。

勸進坊的雙眼突然溢出眼淚。

「紅音，妳不是紅音嗎……」勸進坊大喊。

「你、青人大人！」

「紅音！」

勸進坊向春陽尼伸出手，春陽尼雙手一把抓住勸進坊的手，放聲痛哭起來。

七

庭院的櫻花在午後陽光中無聲地飄散。

晴明和博雅邊喝酒邊賞櫻。

「那之後，已過了半個月……」博雅低語。

丹波青人被水沖走後，在下游遠處被河邊的岩石卡住，得以生還。起初他幾乎無法動彈，能走動後就開始到處尋找紅音和小笛，卻始終找不著。

他認爲兩人已經死了。

據說因無法承受過度的痛苦，於是發瘋。

再度遇見紅音時，他才恢復正常。

青人和紅音埋葬了小笛後，三天前啓程返回丹波。

「諸忠大人一定很寂寞吧。」晴明道。

「諸忠大人可能暗暗戀慕著春陽尼。」

「這點還是不要去追究比較好……」

「唔。」

博雅點頭後，再度開口。

「晴明啊……」

「怎麼了？博雅。」

「如果悲哀太深，人被那份悲哀充滿了，心便會失落在別處吧……」

「嗯。」

這回是晴明點頭。

「人這個容器，倘若盛滿太多悲哀，心就會死去吧……」

「突然想吹笛了……」博雅低語。

「我也想聽你的笛聲。」

博雅吹起葉二。

櫻花花瓣在笛聲中不停飄散。

偽菩薩

一

據說起初傳來這種聲音。

「我來迎接了。」

藤原家盛在被褥中聽到此聲音。

時值深夜。

家盛雖然聽到聲音，但他仍在夢中，一時難以分辨到底是夢中的聲音，還是現實的聲音。

「眞是出落得非常標致。我等了這麼久還算値得。」

再度聽到同樣的聲音時，家盛總算從睡夢中醒來。

嗡……

嗡……

嗡……

他聽到低沉幽微的聲音。

黑暗中，有無數閃閃發光的細小東西在動。

那東西發出金黃色亮光。
有金色、銀色，閃閃爍爍。
而且不只一兩個。十個、二十個，或許更多。
「迎接？」
「是。」
「接誰？」
「接那智小姐……」
那智是家盛的女兒，今年將滿十四歲。
「我來帶那智小姐走。」
「什麼?!」
這時，躺在被褥裡的家盛終於起身。
原來這不是夢。
有個身穿黑色公卿便服[1]、頭戴烏角巾[2]的老人，蹲坐在枕邊暗處。
是個身材粗短得如同岩石的老人。
老人正以突出的大眼睛炯炯有神地望著家盛。
「你、你是……」

1 原文為「水干」（すいかん，suikan）。
2 原文為「折烏帽子」（おれえぼし，ore ebosi）。

「正是您叩拜過的菩薩。」

「菩、菩薩？」

「是。」老人點頭。

老人四周漂浮著許多豆粒大小、發出金黃亮光的東西。

嗡……

嗡……

嗡……

正是這些在半空飛舞的小東西發出嗡嗡聲。

家盛瞇起眼睛，凝神一看，原來那些小東西竟然是菩薩。菩薩乘著小雲朵，正在老人四周緩緩飛舞。

「五年前，我說想帶走那智小姐，當時家盛大人說，那智還小，五年後再來。今天正好是第五年。」

五年前，那智剛好九歲。

「這五年來，我好不容易才活到今日，但不久也將離世。您看，在我四周飛舞的這些東西正是徵兆……」

老人望向那些乘著雲朵，發出嗡嗡聲，正在自己身邊飛舞的東西。

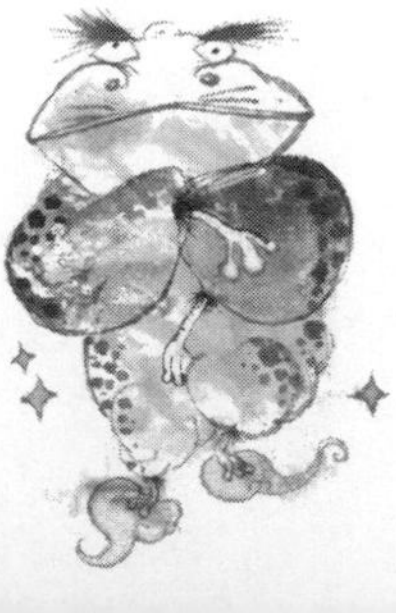

是那些發出金銀光芒的小菩薩。

「總之，我的時日已經不多。如果您不趁現在兌現諾言，恐怕又會滋生眾多麻煩事……」

聽到這句話，家盛終於記起五年前發生的那件事。

二

「他記起什麼事？」

安倍晴明喝乾杯中酒，如此問。

地點是晴明宅邸的窄廊。

晴明和源博雅相對而坐，正在喝酒。

時值夜晚。

黑暗中飄蕩著藤花的濃郁香味。

式神蜜蟲手持盛酒的瓶子，再度爲晴明的空酒杯斟入酒。

月光中，纏住松樹的藤蔓懸掛著好幾串盛開的厚重藤花。蜜蟲的身體以及呼出的氣息中，都散發出與藤花同樣的甜香。

「就是說，五年前那件事啊……」

博雅將手中的酒杯送至脣邊，一口喝乾。

「到底是什麼事？」

「是這樣的……」

博雅擱下酒杯，開始說明事情。

五年前——

朝廷賜給藤原家盛一塊土地。

那塊土地位於東市東方，面對西洞院大路[3]，荒廢已久。

家盛僱人平整土地後，蓋了宅邸。

土地內有一汪池，家盛填平了一半池，留下另一半。

待諸多儀式結束，家盛立即搬進宅邸，不料竟發生怪事。

宅邸中經常出現蛇。

有虎斑游蛇[4]、蝮蛇、日本錦蛇[5]等，各式各樣的蛇在宅邸內爬來爬去。

有時甚至在家盛睡覺時，爬到他臉上。

夜裡——家盛察覺臉上有既滑又冷的東西在爬動，不假思索伸手去摸，

結果抓到一條粗壯的日本錦蛇。

---

3 縱貫平安京的大街之一，寬二十四公尺。

4 原文為「山楝蛇」（やまかがし，**yamakagashi**），學名*Rhabdophis tigrinus*，又稱竹竿青。非毒蛇，卻具有毒液，被咬傷時有可能致命。

5 原文為「青大将」（あおだいしょう，**aodaisyou**），學名*Elaphe climacophora*，會在人類住宅或倉庫中生活，可捕食老鼠。

出入宅邸的侍女中，也有人遭蝮蛇咬而喪命。

下人每次發現蛇時，都會加以捕殺再扔到宅邸外，蛇的數量卻總是不減。

「家盛宅邸有鬼怪作祟。」

「那是蛇宅呀！」

人們在背後如此流言蜚語。

有時在白天也會突然自頭頂屋梁上掉落一條日本錦蛇。

在屋內也無法安心走動。

家盛有個女兒名叫那智，那時剛滿九歲，她身邊出現的蛇特別多。

對那智來說非常危險。

剛好剩下的一半池塘岸邊有座小佛堂，裡面供奉一尊三寸大的觀音菩薩像。

有塊巨大岩石半邊沉入池中，另半邊留在岸上。佛堂就蓋在這塊大岩石旁。

佛堂很陳舊，但雨水還不至於滴落到佛像上，因此家盛只修建一部分，幾乎原封不動地留在原地。

家盛請來比叡山的和尚，在佛堂前祈求菩薩能平息蛇禍。
結果，當天夜晚，有個男子出現在家盛夢中。
那男子身穿黑色公卿便服，頭戴烏角巾，身材粗短得如同一塊小岩石。
「家盛大人，您託人向我祈願了吧。」男子在夢中說。
「你是誰？」
「我是佛堂主人。」
「那您是觀音菩薩？」
「也可以這麼說。如果您拜託我做的事是平息蛇禍，我可以略盡棉薄之力。」
「眞的？」
「不過有關於此，我想和您約定一件事。」
「您儘管說……」
「等事成之後，蛇禍不再出現時，我想要謝禮。」
「是金錢嗎？」
「我不要錢。因爲我不需要金錢。」
對方說的很有道理。

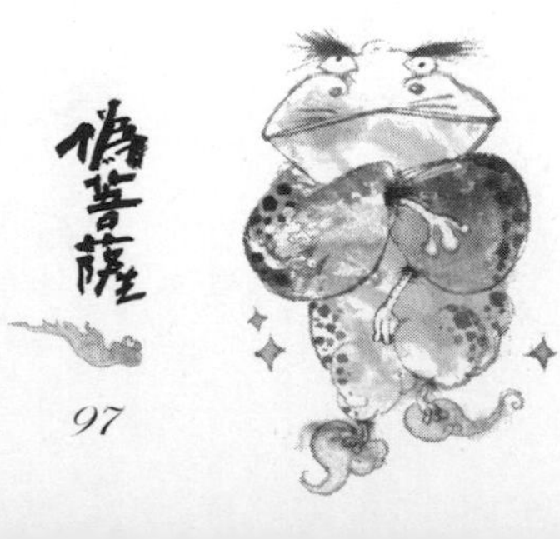

「那您想要什麼？」

「您有位名叫那智的女兒吧？我想娶她爲妻。」

「可是，那孩子只有九歲。」

「我可以等。您要我等多久……」

「好的。五年後，那孩子將滿十四歲。那就等到她十四歲時，您看如何？」

因爲是在夢中，家盛隨口就答應了。

「那麼就等那智十四歲那年，我再來接她。到那時爲止，長尾麻呂的事就交給我吧。」

說完，那男子便消失了。

第二天早晨醒來後，家盛仍記得夢中的事。

「反正只是一場夢……」

家盛沒將此事放在心上，不過，第二天起，宅邸就不見蛇的蹤影。

到底是出現在夢中的男子做了什麼，抑或蛇自然而然地消失——有關這點，家盛也不甚清楚，總之，蛇不再出現終究是好事。

之後，無論蛇的事或那個夢，家盛全忘得一乾二淨——

「到了第五年，那男子變成老人再度出現在他夢中，這就是我剛才說的那件事，晴明……」博雅道。

三

如此說來，五年前的事不是夢境？

還是此刻也只是在做夢而已？

家盛茫然不解。

「那麼，我明晚再來。請您千萬別忘了五年前的諾言……」

老人的身影逐漸淡薄。

「您、您等等……」家盛慌忙阻止，「我到底該怎麼做……」

「您只要向那智小姐說明緣由，再做好婚禮準備……」

「可、可是……」

「我爲了制住那個長尾麻呂，已經精疲力竭，您看，我變得這麼老。請您務必守約……」

老人的身影更加淡薄，不久，忽地消失蹤影。

老人四周嗡嗡飛舞的眾菩薩也同時消失。

然而，第二天，家盛什麼都沒做。

早晨醒來時，家盛心想，昨晚的事大概只是一場夢。

他搬來此地正好屆第五年——內心在不自覺中浮出至今為止遺忘的事，因此才做了那個夢吧。

如果不是夢，老人在今晚應該還會出現。到時候再決定該怎麼辦。假如此刻慌忙去準備什麼，萬一今晚什麼事都沒發生，他一定會成為世間笑柄。

如此，到了夜晚。

家盛熟睡時，那聲音再度響起。

「家盛大人，您準備得如何了……」

家盛睜開眼睛，撐起上半身時，老人已經坐在枕邊。看上去明顯比昨晚更衰老，身體似乎也縮小了一圈。

「您向那智小姐說了嗎……」

「這、這個，還沒有……」

「還沒有？」

「不，我、我以為這只是做夢……」

「是做夢也好，是現實也好，諾言就是諾言，看來您似乎不明白必須遵守諾言這件事。」

「是、是……」

「您或許還沒察覺，那智小姐本來就和蛇有緣……」

「和蛇有緣？」

「她是巳年巳刻出生，您的宅邸又建於皇宮巳位。您要知道，這些事和這回發生的事並非毫無關係。」

嗡……

嗡……

那些金光閃閃的金銀菩薩又在老人四周飛舞。

「如此下去，那個長尾麻呂就會對那智小姐……」

「長尾麻呂？什麼意思？長尾麻呂到底是誰?!」

家盛哀求地問，老人只是浮出悲傷表情望著家盛。

老人的身影比昨晚更快變得淡薄。

「喂，老人家，請您……」

「已經太遲了。我此刻光是出現在這裡，似乎已讓我力竭難支……」

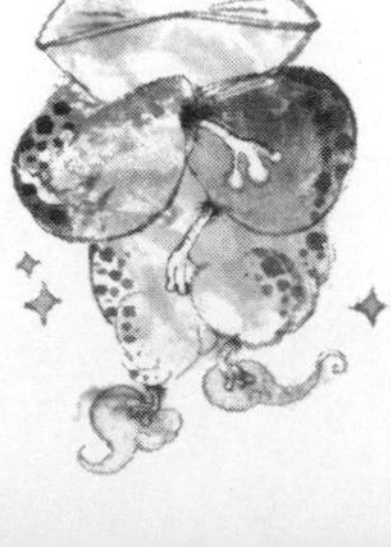

老人的身影更加淡薄，逐漸縮小。

「這、這……」

「很遺憾。太遲了，太遲了……」

老人的身影終於消失。

那些豆粒般閃閃爍爍的菩薩也同時消失。

四

「結果，晴明啊，據說自那晚以後，老人就不再出現。」博雅說。

「那不是很好嗎？」

「一點都不好啊，晴明。」

「怎麼了？」

「雖說老人不再出現……」

「宅邸內又出現蛇了嗎？」

「是啊，晴明。家盛大人宅邸內又出現蛇了。你怎麼知道？」

「事情大約都如此。」

「而且蛇比之前更多。」

虎斑游蛇在地板上爬來爬去。

人在屋內走動時，日本錦蛇會啪嗒、啪嗒掉落。

柱子上纏著蝮蛇。

「之後啊，晴明，家盛大人怎麼想都覺得很奇怪，派人去調查，結果得知三十年前有人住過宅邸興建之處。」

「是嗎？」

「當時也因爲蛇太多，眾人束手無措，最後在池邊蓋了一座小佛堂，裡面供奉觀音菩薩像。」

「唔。」

「他們每天念誦《觀音經》，據說蛇的數量減少了，但還是會出現。最後搬到別處，那地方就成爲皇上的土地。」

「五年前再賜給家盛大人？」

「嗯。」博雅點頭，再小聲道，「而且這回又發生更糟的事。」

「怎麼了？」

「好像有什麼東西附在那智小姐身上。」

「原來如此。」

「蛇再度出現的第三天，那智小姐變得很怪。」

「怎麼怪？」

「聽說那智小姐在大白天潛入池內。」

「潛入池內？」

「下人發現了，跑去叫她。那智小姐回頭時，嘴裡竟叼著一隻青蛙。小姐在池內捉青蛙，捉到後就直接生吃。」

「唔。」

「帶小姐進屋後，小姐口中竟發出男子聲音，說了怪話。」

「說了什麼？」

「說自己不是那智，是長尾麻呂。」

「唔。」

「還命下人每天都要捉十隻青蛙給她。她說要吃青蛙……」

「家盛大人照辦了嗎？」

「起初沒有照辦。但不捉青蛙的話，那智小姐會大吵大鬧。她不用手就在地板或庭院爬來爬去，爲了捉青蛙，還要潛入池內。家盛大人實在受不了，只好命下人捉青蛙給小姐……」

小姐起初很怕蛇，被「某種東西」附身後，就不再怕蛇。蛇也不會去咬小姐。

不僅如此。

那智小姐甚至主動接近蛇，讓蛇纏在自己身上。

「聽說有天早上，她身上纏著將近三十條蛇，睡在被褥內。」博雅壓低聲音道。

「那智小姐的『智』，念音和蛇一樣。小姐大概和蛇有緣吧。」

「智[6]？」

「自古以來，『ち』就是蛇的意思。山楝蛇[7]的『蛇』，往昔的發音是『ち』。上古時代，三輪山[8]的神就是蛇身，神名叫『大己貴神』[9]。名字中都有個『ち』音。」

「唔，唔。」

「蛟[10]的讀音也有『ち』，這也是『蛇』發音的『ち』。巳年巳刻出生，名字裡有個『蛇』音，而且住在皇宮巳位，怎麼看都會招引蛇吧。」

「晴明啊，雖然我不清楚細節，總之，家盛大人現在非常傷腦筋。」

6「智」的日文讀音「ち」(chi)，與「蛇」相同。

7即虎斑游蛇，參照注4。

8Miwayama，位於奈良縣櫻井市，奈良盆地東南方，標高四六七・一公尺，又名三諸山（Mimoroyama），山體圓錐形。自古以來即為日本原始信仰自然崇拜的對象，山麓地帶有眾多規模龐大的古墳，據說這一帶曾經存在統治日本列島的政治勢力，亦即大和政權初期的三輪王朝。基本上禁止一般人入山，即便獲准登山，也必須遵守眾多規則，並且在山中不准飲食、抽菸、攝影。整座山為古松、古杉覆蓋，每棵樹和每片葉子都有神附身，因此也不准伐樹或摘樹葉。

9Oonamuchi，亦稱大國主神，是日本神話中的主要神祇，有眾多別稱。

10日文發音是mizuchi。

「你說這話的意思，是要我去一趟？」

「是啊。昨天家盛大人來拜託我，問我能不能設法解決……」

「這倒不難解決……」

「你願意去嗎？」

「博雅，你受人之託，等於我受人之託。」

「晴明……」

「那，我們明天去看看吧。」

「嗯。」

「走。」

「走。」

事情就這麼決定了。

五

蛇多得無法數計。

無論庭院、地板、柱子，到處都有大大小小的蛇在爬來爬去，或纏在一起。

「比聽說的還嚴重。」晴明道。

「晴明大人，您終於大駕光臨。您要是不來，我打算今天就搬出宅邸，趕緊逃走……」

家盛哭喪著臉說。

「那智小姐呢？」

「請跟我來。」

跟在家盛身後進入宅邸一看……十三、四歲的小姐正坐在裡屋，四周都是蛇——長蟲。

小姐仰望晴明和博雅，發出男人聲音說：

「沒用的陰陽師來了嗎？」

小姐四周的蛇隨聲音同時刷刷地揚起蛇頭。

「不久之前，我就聽說要請哪兒的陰陽師來幫忙，一直很期待呀。」

「哪裡哪裡……」

晴明微笑著把手伸入懷中，取出一條金光閃閃的二尺餘細繩。

「那是什麼？」小姐用男聲問。

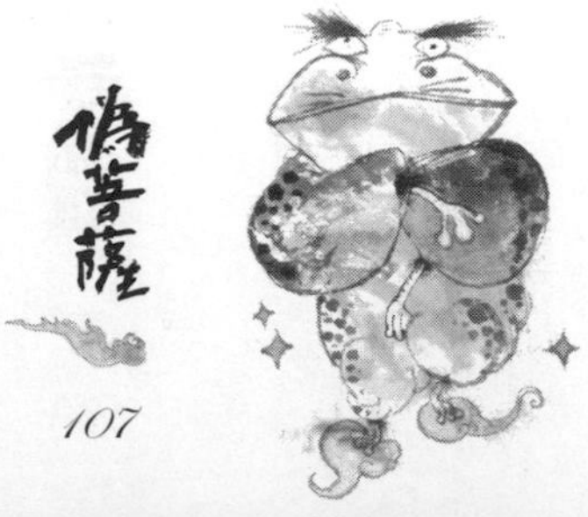

「雲居寺有一位名叫淨藏的大人，我向他要了他常年身穿法衣上的線，再撚成這樣。」

晴明用指尖挾住那條細繩，在細繩另一端繫了個結。

所有蛇都刷刷地向晴明一行人爬過來。

「喂，晴、晴明，沒關係嗎？」博雅問。

「博雅，取出葉二。」

「葉、葉二？」

「別囉唆，快！」

博雅從懷中取出葉二，晴明同時將細繩扔向地板。

所有蛇頭都轉向，瞪著落在地板上的細繩。

「事前已做好一切法術。現在只要有個動因就行。博雅，用你的笛子當動因，快吹！」

「好、好的。」

博雅將葉二貼在脣上吹起。

葉二流洩出柔滑音色，宛若發出亮光的風。

笛聲剛響起，落在地板上的金細繩像蛇那般，揚起繫了結的那一端，正

如蛇頭。

博雅吹笛時，那細繩和著笛音，像蛇一樣在地板上爬行起來。

在地板上爬行的細繩往外移動。

此時——

「這、這是?!」

家盛情不自禁發出驚嘆。

小姐四周的所有蛇都隨著細繩的動作，同時爬行起來。

蛇跟在爬行的細繩後。

細繩從地板爬至窄廊，再爬至庭院，所有蛇也跟著爬至庭院。

其餘蛇自天花板撲通撲通掉落，同樣跟在細繩後爬行。地板下也爬出無法數計的蛇群。庭院岩石後和松樹枝上也出現蛇，掉落在地，跟在細繩後往前爬行。

「家盛大人，能請人打開大門嗎?」晴明道。

「誰、誰趕緊去!去、去打開大門……」家盛大喊。

大門被打開。

細繩爬出大門。

數量驚人的蛇群跟在細繩後。

那數量不是一百條或兩百條。或許有一千條、甚至上萬條。

過了一會兒，眾多的蛇全跟在細繩後爬出大門。

「這、這不會有事吧？」家盛問。

「大街小巷的行人可能會大吃一驚，不過您放心，那些蛇不會危害人。」

「到底會怎樣？那些蛇會怎樣？」

「會爬到鴨川河灘，然後四散而去。這就結束了。剩下的是……」

晴明望向那智小姐。

「唔，唔……」

小姐正在用男人聲音呻吟。

「嘶、嘶！」

有時會露出白皙牙齒，吐出腥臭氣息。

「晴明啊，你打算怎麼辦？」

博雅已經停止吹笛，不安地問。

「要來硬的，還是用軟的說服呢……」

晴明走向小姐，站在她面前。

「這樣一來，你就無法可施了。」

「有。我還能做許多事。比如讓這個女子赤身裸體走在街上，讓她在眾人面前拉屎，我還能讓她在眾人面前吃她自己排出的糞便。」

「這樣做也毫無意義。」

「有。只要那個男人因此而痛苦不堪，我就很高興。」

「我不會讓你得逞。」

「那男人命人埋掉我，殺了我。我一定要對這宅邸和那男人作祟。剛好宅邸內有具和我緣分不淺的軀體。正好可以利用她代替我的身體。」

「你這樣做也白費心力。」

「我在五年前就打算作祟，是跳麻呂妨礙我。」

「跳麻呂？」

「我和他一直以來都在這池裡共同度日。」

「是嗎？」

「那傢伙住在佛堂底下，和菩薩一起接受供奉，結果獲得神力。那傢伙看中這女子。爲了得到這女子，他以妨礙我爲條件讓家盛許了諾。不過，那

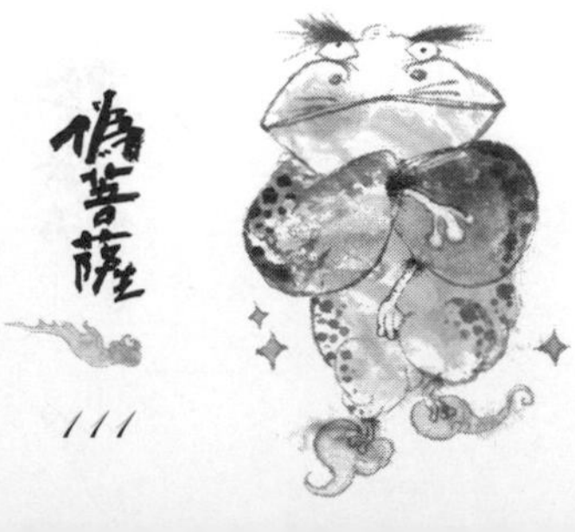

傢伙已經死了，再也不能和我作對。」

「還能作對哦。」

「你說什麼？」

那智還未說完，晴明已經將藏在右手的東西拋進她口中。

「你、你做了什麼……」

接下來，那智已說不出話。

因爲晴明伸出右手堵住她的嘴。

「我剛才取出細繩時，同時也取出這東西，只不過藏在手中而已。」晴明道。

那智站起身想掙扎，無奈她的力量只有十四歲女子那般微弱。

她沒法掙脫晴明的手。

那智的掙扎產生變化。

她本來想從晴明的手臂中掙脫，此刻卻看似痛苦得滿地打滾。

這時，屋內發出響聲。

整棟房子像遇到地震那般搖晃，柱子和橫梁的接合處發出互相擠壓的咯吱聲。

「晴、晴明?!」

「放心，博雅，馬上就停。」

晴明說的沒錯，過一會兒，宅邸停止晃動，那智也在晴明懷中安靜下來。

晴明讓那智仰躺在已經毫無蛇影的地板。

「再過不久，她應該會醒來。先讓她躺在這兒休息吧。」

晴明從那智口中取出一張小紙片，說道。

「晴明，那是什麼?」

「孔雀明王的眞言。」

晴明說畢，展開紙片。

紙片上寫著梵文：

唵，摩由囉，訖蘭帝，娑嚩訶

在天竺，孔雀是專門吃食毒蟲和毒蛇的靈獸，也是守護佛教的明王之一。

「我們到那邊看看。」

晴明走下庭院，來到那座佛堂旁。

他讓下人尋找佛堂地板下，找出一隻比人頭還大的蟾蜍屍體。

屍體四周聚集了眾多金蠅、青蠅，正在嗡嗡飛舞。

「這正是在跳麻呂四周飛舞的那些東西的原形。跳麻呂說自己是菩薩，家盛大人才會把牠們看作乘著雲朵的小菩薩。」

晴明如此說，再微微頷首接道：

「一切都結束了。博雅，我們走吧……」

話還未說完，晴明已邁開腳步。

博雅在後面追了上去。

六

數日後，家盛命人挖掘宅邸地板下，出現一條八尺餘長的巨大黑蛇屍體。

家盛將那黑蛇屍體與蟾蜍屍體埋在一起。

那以後，家盛宅邸不再發生怪事。

水精觀音

一

菊花香氣散發在秋日陽光中。

晴明的庭院開滿了小小的淺紫色菊花。菊香正是從庭院傳來。

杯中盛滿的酒香和菊香融在一起，每啜一口酒，那難以言喻的美妙香氣就會傳入鼻中。

「簡直像在喝著菊花……」博雅陶醉地說。

他徐徐嚥下一口酒，再度說：

「晴明啊，秋意好像也隨酒滲入了體內……」

博雅一副心醉神迷的樣子，微微地左右晃著頭，閉上眼睛。

安倍晴明宅邸，晴明和博雅坐在窄廊上，正在喝酒。

「我正巧找到好酒。」

中午過後，博雅讓隨從拎著一口盛著三輪酒[1]的酒甕，來到晴明住處。

晴明讓蜜魚和蜜夜準備了酒席，當場和博雅喝起酒來。

「不過，博雅啊，你來得正是時候……」

---

1 三輪山的清水是聖水，釀造出的酒是美酒。

晴明將酒杯送至脣邊。

「怎麼了？」

「老實說，過一會兒，某位大人的千金會來這裡。」

晴明擱下酒杯說。

「什麼?!」

「我本來遣人去找你過來一趟，但聽說你已經出門，本已打消此念。沒想到你自己出現了……」

「喂，晴明。」

「什麼事？」

「你是不是對我做了什麼？」

「什麼做了什麼？」

「你是不是下了什麼咒，讓我今天來你這兒？」

「我不會做那種事。」

「真的？」

「大概是某位神祇隨便擲了骰子，湊巧讓事情對上了。」

「是嗎？」

「總之，今天你在這兒眞是太好了。」

「今天要來的是哪位大人的千金？」

「藤原安時大人的千金。」

「難道說，是貴子小姐？」

「是的。」

「是她的話，大約十年前，我曾經教她吹笛，教了一年左右。」

「原來如此，難怪事情會這樣。」

「晴明，什麼原來如此？」

「小姐今天來這兒，其實有點不方便。」

「什麼地方不方便？」

「聽說她不願意讓我前往藤原大人宅邸。」

「是嗎？」

「她似乎不想讓別人知道我去過她那兒。」

「爲什麼？」

「這個嘛，等小姐來了以後，你再問她吧……」

「有道理。可是，這件事和我有什麼關係呢？」

「據說小姐決定來我這裡時，向藤原大人提到你。」

「她說什麼？」

「她說：如果是晴明大人宅邸，源博雅大人應該也經常造訪吧……」

晴明模仿貴子的女人聲，喃喃說道。

「好像是經常去沒錯，但這有什麼關係嗎……」安時問。

「既然博雅大人和晴明大人交情很好，我的事應該也可以託晴明大人解決……」

據說貴子小姐如此回答。

「所以我才打算事先叫你過來。」

晴明說此話時，一旁傳來聲音。

「藤原安時大人已經到了。」

蜜蟲站在窄廊欠身說。

「請他到這兒來。」

不一會兒，蜜蟲帶領安時出現。

安時的臉色極為憔悴。

他的年紀應該是四十多歲，看上去卻像六十歲。

「安時大人特意親自來訪，眞是不敢當。」

晴明起身上前迎接。

「不用客氣，是我自願來的，您不用在意。」

安時如此說後，望向站在晴明身邊的博雅，臉上浮出安心的笑容：

「博雅大人也在，我就更加放心了……」

「小姐呢？」博雅問。

「她還在牛車內。我認爲帶她進來之前，我必須先向你們說明許多事。在我說明事由時，不能讓外人看到貴子，所以我讓她在牛車內等著……」

「本來也可以由我造訪貴府……」晴明說。

「不，不，晴明大人前來的話，太惹人注意。如果讓外人知道貴子的事，貴子就太可憐了。今天用的牛車是借來的，而且我們一路上都按照方違[2]規矩前來。即便有人看到我們，也只會認爲是某家人私下造訪晴明大人宅邸。沒有人會知道是我和貴子前來。」

「我們進屋詳談吧……」晴明示意。

「不，就在這兒，這兒比較好。」安時指著窄廊點頭說。

晴明和博雅在窄廊坐下，安時坐在兩人面前。

2日本陰陽道信仰中，外出為避凶位，先繞路走其他方位，再前往真正的目的地。

安時換了端坐坐姿，目光來回逡巡晴明和博雅，開口說：

「事情是這樣的：每天晚上都會出現一頭野獸來吃貴子的臉……」

安時開始述說以下的事情。

二

大約七天前——

熟睡中的貴子在被褥中醒來。

起初她不明白自己為何醒來。不過，她立即察覺某種動靜。

黑暗中，有某種東西在。

那東西蹲踞在黑暗中，屏住呼吸窺視著貴子。

貴子察覺那東西在自己右側，想翻過身子和臉望向對方時，卻發現不能翻身。她全身無法動彈。

咻……

咻……

貴子聽見發自齒間的呼氣聲。

感覺有某種東西正窸窸窣窣朝自己爬過來。

她害怕得想叫出聲，卻發不出聲音。

貴子心想，既然發不出聲音，應該是做夢。但倘若是做夢，傳來的呼氣聲和爬動聲又未免太清晰。

那東西逐漸挨近。

過一會兒——

那東西抓住貴子的頭髮。

咻——

咻——

腥臭氣息呼在貴子臉上，貴子感到右頰一陣劇烈疼痛。

原來是爬過來的東西正在咬貴子的臉頰。

喀吡、喀吡，牙齒撕咬的聲音。

嘎吱、嘎吱，臉頰的肉從骨頭剝離的聲音。

咕嘰、咕嘰，咀嚼肉的聲音；咕嘟、咕嘟，嚥下肉塊的聲音。

這些聲音都聽得一清二楚。

因過度恐怖和疼痛，貴子終於不省人事。

第二天早上——

貴子醒來時，想起昨晚發生的事。

她舉手去摸右頰，很燙。

她慌忙找出鏡子查看，發現右頰有一塊瘀青。

不過，右頰的肉完好無損，難道昨晚的事果然是在做夢？是不是右頰的瘀青處正在長出什麼不好的東西？因此才會做了那種夢？

貴子如此想著時，第二天夜晚又發生同樣的事。

有某種野獸挨近，咬了貴子的臉後再離去。

夜裡，貴子從睡眠中醒來。

全身無法動彈。

類似野獸的東西爬過來，抓住貴子的頭髮，呼出腥臭氣息噴在貴子臉上，再大口咬著貴子臉上的肉，吃完後，離去。

醒來時，瘀青比之前更大更嚴重。

連續三天都發生同樣的事，貴子覺得很恐怖，和父親安時商討對策。

安時傳喚兩名有武術本事的下人，讓他們在貴子寢室前通宵守夜。

並讓這兩名下人攜持刀與弓箭。

安時想，若果真有野獸前來，可以讓下人用箭射殺或用刀斬殺野獸。

然而——

守夜的兩名下人也發生同樣的事。

夜晚，兩人突然聽到貴子半睡半醒的呻吟聲。

有個不知在何時也不知從何處進來的黑影，看似趴在貴子身上嘎吱、嘎吱地咬著貴子的臉。

兩人想趕走黑影，身體卻無法動彈。

頭也不能動。若勉強掙扎扭動，身子反倒更僵硬，全身冒汗，滴滴答答落個不停。

兩名下人拚命掙扎，終至昏迷不醒，到了早上，總算和貴子同時醒來。

三

「我們實在想不出其他對策了，只好來找晴明大人解決問題。」

安時如此說道。

「最近不僅是臉，連右肩、右臂都被咬，貴子憔悴得不成人形。事情到

了這種地步，我們只能來拜託晴明大人。」

「原來如此……」晴明點頭，「我大致理解您說的。總之，先讓我見見貴子小姐。」

「唔，好。」

「蜜蟲，妳去……」

晴明剛說畢，蜜蟲即消失蹤影。不久，庭院左側進來一輛牛車。

蜜蟲代牛僮牽著一頭黑牛。

牛車碾碎了秋天野草，麥稈香益發濃厚。

牛車被牽到晴明三人坐著的窄廊前，朝側面停住。

透過簾子似乎可以看到窄郎上的人，於是牛車內傳出女人的輕柔聲音。

「博雅大人……」

「貴子小姐……」博雅低語道。

「原來您已經來到這裡了？」

「是。妳不用擔心。事情交給晴明辦，應該可以順利解決。」

「小姐，能不能請妳先讓我看看野獸咬傷之處……」

「是。」

牛車內傳出應聲，貴子接著下車。

貴子毫不隱藏自己的臉，堅強地仰著頭，站在小菊花叢中。

「噢……」

博雅不覺發出低聲驚嘆。

他看到貴子的右半邊臉直至脖子全潰爛了。

讓人看見這副模樣，大概需要極大的勇氣和決心。

「我能近前細看嗎？」晴明問。

「沒關係。」

貴子仰頭筆直地望向晴明答道。

「失禮了……」

晴明光著腳，步下庭院，仔細查看貴子的臉。

「我能不能掀起右邊的袖子……」

「隨您的意。」

晴明執起貴子的右手，徐徐掀開袖子。

手腕、手肘、上臂直至肩頭，整條手臂全露出。白皙如雪的肌膚留著無數被咬過的傷痕。

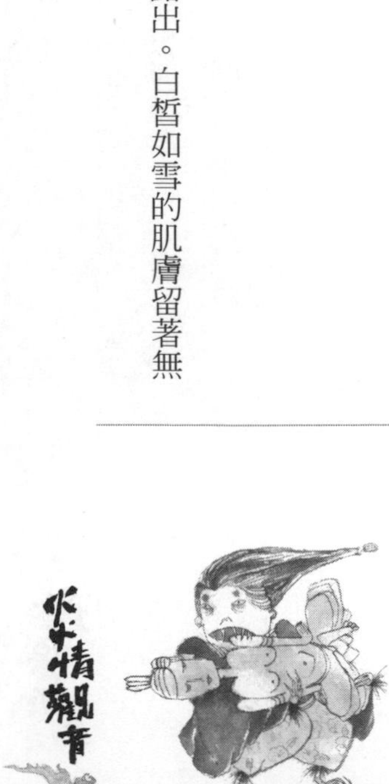

雖然上臂某些部位和手腕處還有些皮膚尚完好，但整條手臂幾乎已全被咬痕覆蓋，看似瘀青又看似潰爛，嚴重得讓人不禁想別過臉。

「非常感謝。請妳原諒我做了失禮的事。妳現在回到牛車內也無妨。」

晴明扶著貴子，讓貴子踏上牛車凳子，坐進簾內。

車內傳出貴子強忍著的輕微低泣聲。

「小姐，妳可以回去了……」

「那、那，晴明大人，貴子她、貴子她……」安時說。

「我會在今晚幫小姐解決問題……」

「哦?!」安時叫出聲。

貴子乘坐的牛車已經咕咚、咕咚地前行。

晴明回到窄廊，邊坐下邊說：

「安時大人，請您留在這兒。我還想請教您一些事……」

「您儘管問……」安時身子探前答道。

大概在晴明的口氣中聽出希望，安時的聲音變得很興奮。

「晴明啊，小姐那副樣子實在令人不忍。如果能解決，你就幫個忙吧。」

博雅皺著眉頭說。

「安時大人，最近有沒有男人前往貴子小姐住處[3]？」

安時突然沉默下來。

「有嗎？」晴明再度問。

「有、有。」安時點頭，「是平家盛大人。」

連沒有問的事也說了出來。

「這次的事情之所以希望保密，最大的原因正是他吧？」

「是，是的。」

安時似乎下定決心，答得很快。

「如果貴子懷上家盛大人的孩子，家盛大人和我兩家可以結爲親家，對我家來說受益很多……」

安時坦承。

「對了，安時大人在四条往西的西京有一間佛堂吧？」

「唔，嗯。」

「佛堂裡安放的是些什麼佛像呢……」

「中央是阿彌陀如來，左右並排著文殊菩薩和如意輪觀音……」

---

3 平安時代的男女交際習俗是「訪妻婚」，男方於夜晚探訪女方，住宿一夜後，翌日清晨離去。由於沒有法律約束，男方可以隨時中止「訪妻」行為。一旦男方不再來訪，女方可以再度尋覓適當人選。

「阿彌陀如來的右側……面對左側的佛像是哪一尊呢？」

「右邊安放的是如意輪觀音座像。」

「如意輪觀音像是什麼時候安座的？」

「貴子剛出生那時安座的，大約二十年前吧……」

「貴子小姐剛出生那時？」

「嗯。貴子剛出生時，體弱多病。為了保佑她能健康成長，我拜託佛像師雕刻了一尊佛像，正是那尊座像。」

「那時做了什麼嗎？」

「做了什麼是什麼意思？」

安時說到此，突然想起某事似的。

「對了，那時把貴子的臍帶放在如意輪觀音泥胎內了……」

「如果僅是這樣，或許我在今晚便能解決問題。只是，看情況而定，說不定事情會變得更棘手……」

「棘手？」

「不，事情還未發生，我們先不用擔心。今晚就讓我和博雅大人通宵守夜吧……」

「博雅大人也一起去嗎？」

「是。」

晴明代博雅點頭。

「那、那麼，兩位大人今晚要到貴子那兒……」

「不。我們不是前往貴子小姐的寢室。我們要去的地方是佛堂……」

「佛堂?!」

「是。」晴明點頭。

安時回去後，博雅問晴明。

「喂，晴明，我也去嗎？」

「有什麼不滿嗎，博雅？」

「不是不滿。如果爲了貴子小姐，夜裡到哪裡我都不會抱怨。」

「那，今晚就走吧……」

「唔，嗯。」

「走。」

「走。」

事情就這麼決定了。

四

晴明和博雅躲在佛堂暗處。

佛堂中央有佛壇，上面安放三尊佛像。中央是阿彌陀如來。右邊是如意輪觀音，左邊是文殊菩薩。

兩人藏身在三尊佛像背後。

他們在日落時分進入佛堂，已過了將近兩個時辰。

「不過，真的會來嗎？晴明啊。」博雅低聲問。

「當然會來。」

「你說會來，來的到底是什麼東西？」

「是啊，來的到底是什麼東西呢？」

「你知道吧？晴明。明明知道，卻故意不告訴我……」

「不，不是明明知道卻故意不告訴你。而是我大致猜到真相，只是不知到底誰會來。」

「你現在說『誰』會來？那麼來的是人嗎……」

正當博雅剛抬高聲音時，晴明「噓」了一聲。

「來了。」晴明道。

博雅把話吞回肚子，默不作聲。

過一會兒，響起佛堂門扉開動聲，青色月光射進佛堂。

嘎吱。

嘎吱。

有某物進入佛堂。

「是人……」

博雅蠕動嘴脣說。

那人走到三尊佛像前止步，似乎在仰望佛像。

「噢噢，不甘心哪……」

低沉聲音響起。

那聲音雖然沙啞，明顯可以聽出是女子嗓音。

「可悲哪，可恨哪……」

嘎吱、

咯吱、

佛壇發出響聲。

進來的人——那女子似乎正爬上佛壇。

「貴子，妳這個混蛋。我要讓妳活著受辱。」

聲音響起後，緊接著傳來這樣的聲音。

喀、

嘎、

咯吱、

嘎吱。

「妳竟然、竟然膽敢奪走家盛。妳竟然、竟然膽敢偷走家盛……」

博雅悄悄地伸長脖子看，月光中，爬上佛壇的女子緊緊摟住如意輪觀音像側面，正在用牙齒咬著佛像的臉。

「啊！」

博雅情不自禁發出低叫聲。

瞬間，啃咬物體的聲音消失，佛壇上的女子停止動作。

「有人在嗎……」

女子以沙啞聲音輕輕問道。

「有……」

博雅點頭，應聲站了起來。

「我名叫源博雅。聽說藤原安時大人之女貴子小姐在夜間遭災障，爲了確認此事而藏身在此。請您原諒……」

博雅毫不猶豫地報上自己的姓名。

「噢，你看到了……」

女子說。

「你看到我現在的模樣了……」

女子發出嘎吱聲地動了。

女子身上的衣裾在月光中翩翻，她從佛壇上滾落，發出響聲。

「噢噢，被看到了。我這副可恥的模樣被看到了……」

女子爬到牆角，把身子蜷縮得如石頭那般，放聲大哭起來。

「嗚嗚嗚……」

晴明和博雅站在女子面前。

「妳爲何做這種事呢？」晴明問。

「平家盛大人本來每夜都到小女子康子的住處。自從開始去那個女人，

去貴子的住處後，小女子夜夜獨守空閨……」

女子邊哭邊道。

「所以我拿這尊佛像代替那女人，每晚每夜都來啃咬。這是那女人出生時製作的佛像。這是那女人的替身……」

「這不是替身。」晴明說。

「什麼?!」女子發出細微叫聲。

「這尊佛像的泥胎內，放有貴子小姐的臍帶。如此一來，您便是透過這尊佛像向貴子小姐下咒，實際上在貴子小姐臉上留下了咬痕……」

「怎麼可能……」

「是事實。」晴明道。

女子聽後，停止哭泣，尖聲笑出。

「是真的嗎?若是事實，那眞是大快人心。我的咬痕留在那女人的臉上，她的臉已經爛了嗎?那眞是太好了……」

女子連聲說「太好了」、「太好了」，搖搖晃晃地站起身。

「太好了……」

女子放聲大笑，晃晃悠悠地往前邁步。

她從敞開的門扉走至佛堂外的月光中。

博雅正打算邁開腳步往前追時，晴明輕輕按住博雅的肩膀，微微搖頭。

「是啊，晴明。我明白。這是我們無能爲力的事……」

博雅微微收回下巴點頭。

五

兩人在喝酒。

在窄廊上喝酒。

此刻是夜晚。

菊花散發著香氣。

酒也散發著香氣。

「那以後，貴子小姐應該沒事了吧？」博雅問。

「嗯。」晴明點頭，「我們已經將貴子小姐的臍帶自如意輪觀音泥胎取出……」

之後，兩人又默不作聲地喝酒。

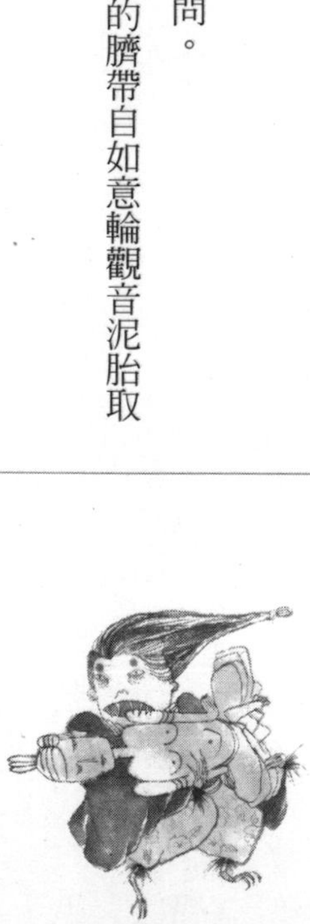

「晴明啊……」博雅似乎想起某事，開口說。

「什麼事？博雅。」

「你怎麼知道如意輪觀音被當作貴子小姐的替身，被下了咒呢？」

「因爲我知道安時大人有一間佛堂，也知道裡面供奉了三尊佛像。」

「可是，僅僅知道這事，也不可能看穿眞相。」

「我是看了貴子小姐肌膚上的咬痕才明白。」

「什麼?!」

「那些咬痕只出現在右邊的臉和右手臂，不是嗎？」

「確實是，可是，光憑這點就能知道嗎？」

「嗯。」

「爲什麼？」

「因爲中央是阿彌陀如來，右側是如意輪觀音座像。如此一來，如來擋住左側，對方也就咬不到如意輪觀音左側了。」

「原來如此。」

「細看手臂的咬痕，可以看出那是人的牙齒咬的，再說，有些地方沒有留下咬痕。」

「哪裡？」

「額頭上部，上臂，還有手腕……」

「什麼意思？」

「如意輪觀音頭上戴著寶冠，因此咬不到額頭。在右上臂和右手腕，不也戴著臂環嗎？換句話說，那些地方也咬不到，因此沒有留下咬痕。我聽到貴子小姐的臍帶放在佛像泥胎內時，就確定了眞相。只是，我仍不知道到底是誰做的……」

「唔。」

「至於那女子是誰，住在哪裡，這些問題都不是我們應該去追究的……」

晴明感慨地說，啜了一口酒。

「晴明啊……」

「怎麼了？」

「人心的問題眞是很難解決……」

「嗯。」

「到底該怎麼做，又該做些什麼，完全沒有答案……」

「嗯。」

「人大概會為了這種沒有答案的人心問題，終生都活得手忙腳亂吧。」
「大概吧。」
「這樣活著好像很寂寞，不過，又好像有點鬆了口氣的感覺……」
「博雅啊，你吹笛給我聽吧。」晴明說。
「嗯。」
博雅點頭，擱下酒杯，從懷中取出葉二。
他把笛子貼在脣上，吹了起來。
笛聲滑進菊香中。

六

七天後，鴨川河面浮出一具看上去二十三、四歲的女子屍體。只是，沒有人知道那具屍體到底是誰，又住在何處，於是將屍體埋葬在鳥邊野[4]。

4 京城地名，埋葬或火葬身分不明屍體的場所。

霹靂神

一

秋日陽光中，飄蕩著菊花香。

在清冷的秋日空氣中聞著這種香味，內心深處會萌生另一個更深的地方，似乎能隱約瞧見隱藏在自己最根柢處的感情。

琵琶琤琤聲正是在這種陽光和菊香中響起。

前些日子在晴明宅邸小住的蟬丸法師，坐在窄廊上彈琵琶。

晴明和博雅兩人邊喝酒邊聽琴聲。

他們將浮在酒面的菊香，和著酒一起含在嘴裡，再喝下。

博雅閉著眼。

「蟬丸大人的琵琶聲和菊香，這是多麼奢侈的下酒菜啊。」

博雅擱下杯子，睜開雙眼。

晴明宅邸的庭院宛如秋日原野。

敗醬草[1]和龍膽四下盛開，東一叢、西一叢的菊花在其間綻放。

「博雅啊，你能不能和著琵琶吹吹笛子？」

---

1 原文為「女郎花」（おみなえし，ominaeshi），學名*Patrinia scabiosifolia*，為多年生草本植物，秋天七草之一，中藥上多用於清熱解毒。

晴明說此話時，太陽剛蒙上些許陰影，微微起風。博雅吹起笛子時，一直都放晴的天空也罩上厚重雲朵，不久即颳起強風，豆大雨滴開始猛烈擊打屋頂和庭院。

四周昏暗得有如傍晚，天空劃過閃電。

彎曲的樹枝沙沙起伏，在風中不停搖晃。

瀑布般的雨水中，雷聲轟然大作，天空不時發出閃光。

蟬丸停止彈琵琶，博雅也停止吹笛，和晴明一起觀看了一陣子天空的喧嘩。

此時——

上空劃過一道特別耀眼的閃電，一根粗大火柱連結天與地，撕裂天地般的轟隆巨響搖晃著大氣。

「看來某處落雷了。」

蟬丸的盲眼望向天空。

「是南方。」

博雅在屋檐下仰望天空，站起身。

「大概在羅城門附近。」

晴明說畢，閉上眼睛。

晴明臉上浮出一副側耳傾聽的表情，似乎把天地間轟隆作響的雷鳴、風聲、雨聲都當作音樂那般。

二

秋日暴風雨颳了一陣，傍晚即風收雨停，閃電也消失。

過一會兒，散開的烏雲開始向東飄去，烏雲縫隙中露出澄澈的天空，可見閃爍星眼。

入夜後，天空只剩幾朵雲彩，圓月在中天皎皎生輝。

博雅也決定今晚不回去，留在晴明宅邸。

當月光射進屋檐下時，晴明、博雅、蟬丸三人再度坐在窄廊上喝起酒來。

燈架上只點燃一盞火，立在一旁搖晃。

酒喝完時，蜜夜會重新送來盛著酒的酒瓶。

「不過話說回來，天地在白天吵得那麼厲害，現在卻這麼安靜……」

甚至能聽到博雅喝下的酒滑過喉嚨的聲音。

秋蟲在草叢中鳴叫。

「原來吵得那麼厲害的聲音一旦停止，就會在不知不覺中迎來這麼寂寞的靜謐，晴明啊……」

「博雅，你這樣說，簡直在比喻強烈思念某人後的心情……」

晴明的紅脣浮出微笑。

「不，我沒有將天地比喻成任何東西。只是照原樣說出而已。」

「是嗎……」

晴明不再接博雅的話，舉起酒杯，啜了一口酒。

「不介意的話，讓我繼續彈白天的曲子吧。」

蟬丸取起一旁的琵琶擱在膝上，自懷中掏出撥子。

「哦，太好了……」

晴明擱下酒杯。

琤……

琵琶聲響起。

琵琶聲於再度散發菊香的夜氣中，嫋嫋響起。

「我也來和一下……」

博雅從懷中取出葉二貼在脣上。

月光中，笛音如淡青色的蛇，輕輕滑出。

琵琶聲和笛音交融一起，升向秋夜天空。

琤、琤……

嗚、嗚……

兩種音色溶入菊香中，漸次流洩。

此時——

咚。

不知何處的上空傳來聲響。

咚、

咚咚、

咚咚、

咚咚咚、

似乎有人在某處敲打羯鼓[2]。

咚、

咚咚咚咚、

咚咚、

咚咚咚、

鼓聲似乎傳自晴明宅邸的屋頂。

羯鼓聲巧妙地應和著琵琶聲和笛音。

蟬丸繼續彈琵琶，博雅也繼續吹笛。

對蟬丸和博雅來說，比起停止彈琵琶和吹笛，到外面朝屋頂喝問「你是誰」，倒不如和著羯鼓聲繼續彈琵琶、吹笛，這樣更快活。

琤、琤、

嗚、嗚、

咚、咚、

三種音色和著曲調與節拍鳴響。

2古代龜茲樂、天竺樂、高昌樂、疏勒樂的樂器，源出羯，故稱羯鼓，亦稱鞨鼓。

咚、

每逢鞨鼓聲響起，屋頂會「啪」地閃過一道亮光。

咚、啪、

咚、啪、

音色和亮光在屋頂移動起來。

腳踏屋頂的砰砰聲逐漸靠近屋檐，有某物掉落庭院。

在半空翻了一圈，落在月光中的，是個光著身子、只在腰間纏了塊布條的童子。

童子把鞨鼓用繩子垂掛在脖子上，右手持樹枝，左手握著金剛杵，快活地用雙腳踏地打拍子，敲打鞨鼓。

童子雙眼圓睜，笑著在月光中時而歪頭，時而前傾，時而後仰，踏響腳步在跳舞。

他光著腳邊跳邊擊打鞨鼓。

雙頰通紅，頭髮綰成髮髻。

博雅和蟬丸與他相和，吹著笛子，彈著琵琶。

三種音色響徹秋夜天空。

三

第二天清晨——

一尊童子木雕像滾落在庭院。

童子的脖子上垂掛著鞨鼓，右手持木棒，左手握著金剛杵。

蟬丸留在窄廊上，晴明和博雅步下庭院。

博雅俯視躺在草叢中的童子，說：

「晴明，這不正是昨晚的童子嗎……」

「應該是羅城門的制吒迦童子[3]大人。」晴明答。

「什麼?!」

「他左手拿著金剛杵，右手握著金剛棒嘛……」

「可是，怎麼是羅城門……」

「我以前看過。羅城門樓上供奉一尊六尺餘的兜跋毗沙門天[4]像，旁邊應該還有一尊不動明王[5]像。不動明王的左右各有制吒迦童子像和矜羯羅童

3 梵名Cetaka。又譯作制擿加、制多加、勢多迦、扇底迦。意譯息災、福德聚勝。為密教不動明王之脅侍，侍於右側，稱天部。乃不動明王五使者之一，八大童子之一。

4 梵名Vaisramana，又稱多聞天，四天王中北方守護神，也是四天王之首，佛教的知識神與財神。「兜跋」一詞則有多種不同看法。或有以為乃唐天寶年間吐番來犯時，唐人曾立毗沙門天王像退敵。時人訛傳將當時之「吐番」誤稱為「兜跋」，故「兜跋毗沙門」指權現於兜跋國護持佛法的毗沙門。另有說法認為「兜跋」原指西藏宗教領袖冬季所穿長外套，略同「斗篷」。「兜跋毗沙門」即穿上類似此外套之戰袍的毗沙門，即武裝之毗沙門。後來又誤為「刀八」，解為「八支刀」。此天王在日本就成為鎮守國土、拒退怨敵的神將。

子[6]像。」

「那又怎麼了？」

「其他另有幾尊駕乘雲朵的菩薩，我記得其中一尊正是像這樣擊打著鞨鼓……」

「所以我才問那又怎麼了？晴明……」

「據我所知，羅城門的制吒迦童子，往昔似乎是用霹靂木雕成……」

所謂霹靂木，指霹靂——雷電擊中的樹木，因而被當作靈木受人祭拜崇奉。

「昨天落在羅城門的雷，大概擊中了這尊制吒迦童子大人。所以暫時被霹靂神附身了。當時湊巧聽到你的笛聲和蟬丸大人的琵琶聲，於是向菩薩大人借了鞨鼓，特意來到這兒吧。或許霹靂神降落時，就已聽到蟬丸大人的琵琶聲了……」

晴明如此說。

「也許眞有這種事……」

窄廊上的蟬丸微微笑著。

「那麼，霹靂神大人呢……」

---

5 梵名Acalanatha，佛教密宗五大明王主尊、八大明王首座，大日如來教令輪身。在鎮守五方的五大明王中鎮守中央，也是著名護法神。周身呈現青藍色，右手持智慧劍，左手拿金剛索，右眼仰視，左眼俯視，周身火焰。一般都以憤怒的形象示人，表示驅魔斬鬼無往不前。

6 梵名Kivkara，又譯作金伽羅，意譯隨順、恭敬者。不動明王八大童子之第七，與制吒迦同侍不動明王，在其左側。

「黎明時，和升起的太陽一起回天上了吧。」

「原來世上有這種不可思議的事，不過，晴明啊……」

「怎麼了？博雅……」

「不管這童子身上附了什麼神祇，我昨晚眞的很開心……」

「嗯。」

「日後眞想再度合奏。不知往後還有沒有這種機會……」

博雅有點寂寞地說。

「一定有。」晴明毫不猶豫地道，「我今天就讓人把這尊雕像和鞨鼓送回羅城門。不過，博雅啊……」

「怎麼了？」

「昨晚我也很開心。如果還有機會再度聽到那般美妙的樂音，我也會很高興……」

晴明仰頭望向青空，秋風正吹著。

逆髮女

一

人人皆云矣
去者與歸者[1]
分別又重逢
親朋或萍水
盡在逢坂關

這是收錄在《小倉百人一首》中蟬丸法師的和歌。

逢坂關卡夜未央
大雨滂沱風疾馳
孤窮一身蓬室居
只因世間不容人

---

1 此處指離開京都或返回京都的所有旅人。

這是收錄在《續古今和歌集》中的和歌。

兩首和歌都出現地名「逢坂關」，看來蟬丸當時似乎住在逢坂關附近。用「似乎」這個說法，是因目前仍有不少人懷疑歷史上是否眞有過蟬丸這個人的存在。

但也有另一種說法：蟬丸體內流著高貴血統，是醍醐天皇的第四皇子。還有一種說法：蟬丸是宇多天皇之皇子敦實親王的雜役。本系列故事開篇便已提過，源博雅爲了學習琵琶祕曲，花了三年，來回往返蟬丸在逢坂關的住處。

眾多傳說都一致認爲蟬丸是盲目琵琶法師，但他到底何時失明，則有幾個不同版本的故事。

這位失明的琵琶名手也經常於戲曲世界登場。

根據淨琉璃[2]《蟬丸》，據說是蟬丸正室和侍女芭蕉這兩個女人對蟬丸下了詛咒，致使蟬丸失明。歌舞伎狂言《蟬丸二度出世》正是受了這齣淨琉璃的影響，也將蟬丸失明的原因歸於詛咒。失明後的蟬丸被棄於逢坂山，自此居住逢坂山。

謠曲《蟬丸》中，蟬丸是延喜帝的第四皇子，自小失明，因而被丟棄在

---

2 日本傳統音樂的一種說唱故事。在三味線伴奏下說唱。包括義大夫調、常磐津調、清元調、新內調等。名稱來自室町時代中期《淨琉璃姬十二段草子》。江戶時代與人偶劇相結合。

逢坂山。

總之，有趣的是，無論歌舞伎狂言或淨琉璃，劇中都出現逆髮女。

就淨琉璃《蟬丸》來說，正是「黑髮倒豎」部分。

> 忽從席上站起，額上凸起青筋，黑髮向上倒豎，全身顫抖不已，雙眼瞪視天地，汩汩流出血淚，怒目咬牙切齒，點燃千仇萬恨，連聲喊冤叫屈，恨你怨你怒你。怨忿妒恨啖汝肉，滿腔怒火團團轉。狂態令人顫慄，卻也令人哀憐。

相當恐怖。

描寫的正是蟬丸的正室。

黑髮向上倒豎的模樣讓人聯想起蛇。蛇，即嫉妒之意，古典文學中也有幾個描述女人因仇恨或嫉妒，頭髮變成蛇的故事。

此處的「逆髮」，可能是「坂神」[3]，通常和逢坂山的山頭神由來有關。

「坂神」[4]與「式神」相通，「式神」又與「宿神」[5]相通，「宿神」則

3 「逆髮」和「坂神」讀音相同，皆為「sakagami」。

4 「坂」、「河原」、「夙（宿）」等在日本古代皆指社會最低階層者所住之區域，此階層也被稱為「坂者」、「河原者」、「夙者」。不屬於任何一處，從事庖解牲畜或皮革業，以及演藝表演業等。

5 原指下階層人、流浪者的信仰，因日本古代從事演藝表演的皆為流浪者（河原乞食），故云宿神與演藝之神相通。

和「摩多羅神」[6]相通。摩多羅神是外來神，亦是演藝神，這位神祇在琵琶名手蟬丸背後時隱時現，實在頗有意思。

在此並無牽強附會之意，但蟬丸和安倍晴明交情很好，或許也是自然而然之事。

二

櫻花花瓣寂靜無聲地飄落。

雖然聽不到任何聲音，不過，對源博雅來說，櫻花花瓣似乎以人耳聽不到的聲音，彼此小聲私語暗中交談，一片片飄向四方。

「晴明啊。」

博雅將盛著酒的杯子舉至嘴邊說。

地點是安倍晴明宅邸的窄廊。

博雅和晴明在窄廊相對而坐，正在喝酒。

僅有一盞豎立的燈臺燃著燈火。

月亮位於中天，自正上方向櫻花灑下青光。櫻花花瓣在月光中飄落。

6 又作摩怛羅、摩都羅。為日本延曆寺常行三昧堂之守護神，又為玄旨歸命壇之本尊。來源不明，傳為日本天臺宗慈覺大師圓仁自唐返日本歸途中，於船上所感得之神。念佛之人臨命終時，受此神守護，可得正念而往生。其像為頭戴唐制之幞頭，身著日式狩衣，兩手擊鼓；其左右之童子，頭頂風折烏帽，手持赤竹葉與茗荷，作舞蹈狀，又其頂上之雲中繪有北斗七星。

「怎麼了，博雅？」

坐在窄廊的晴明，右肘搭在立起的右膝，應道。

「我啊，望著那些飄落的櫻花，總覺得有點想不通……」

「想不通？」

「嗯。」

「想不通什麼？」

「我覺得，那些飄落的櫻花，好像一邊飄落，一邊暗地裡說著什麼悄悄話。」

「說什麼悄悄話呢？」

「這正是我想不通的地方。明明覺得櫻花好像在說什麼悄悄話，可是，到底在說什麼，我又不大清楚。不，應該說，我明明知道櫻花到底在說什麼，但是想告訴你時，卻又不知該如何形容。」

「如果你形容得出，表示你已經理解咒的意義。」

「喂，晴明。」

「怎麼了？」

「我不是說過不要在我面前提起咒嗎……」

「是嗎？」

「只要你一提起咒，本來我認爲已經明白的事會變得不明不白，不明白的事則會越發不明白。」

「那麼，用其他比喻吧？」

「其他比喻？」

「如果你形容得出，表示你能夠作一首和歌。」

「和歌？」

「沒錯。」

「你這樣說，不是等於把咒換成和歌而已嗎？」

「正是。你心知肚明嘛。」

「你的意思是，咒與和歌是同一種東西？」

「是的。」

「可是，那……」

博雅說到一半，突然住口。

「算了，這樣說下去大概又會提到咒。」

博雅將剛才舉到嘴邊的酒杯貼在脣上，一飲而盡。

將杯子擱在窖廊後，博雅問：

「晴明啊，望著飄落的櫻花，你內心一定浮出很多事吧？」

「是啊。」

「比如會覺得很颯爽，會覺得很無常，而那種無常感又會令你覺得很美，光是望著櫻花，內心就會浮出很多事吧？」

「嗯。」

「我認爲，這大概正是櫻花用無聲的聲音在向我說悄悄話。」

「那是因爲櫻花能映照人心。」

「什麼?!」

「飄落的東西，滅亡的東西，通常能映照人心。」

「……」

「這種現象在你看來就成了櫻花在向你說悄悄話。就此意義來說，櫻花確實在說悄悄話。」

博雅嘆了口氣。

「剛才那瞬間，我好像明白了什麼，可是你這麼一講，我又沒頭沒腦了。」

「沒頭沒腦也沒關係。即使你說沒頭沒腦，其實你最明白其中道理。也許你比我更明白……」

「晴明，你這是在誇我嗎？」

「是在誇你。」

「不是在戲弄我吧？」

「當然不是。」

「這樣我總算安心了點，晴明……」

博雅喃喃自語，望向庭院的櫻花。

花瓣在月光中不停飄落。兩人談話時，花瓣大概也是這樣不停地飄落著。

「蟬丸大人不來了嗎……」

博雅小聲問。

「總會來的。對那位大人來說，走夜路也沒什麼差別。」

「不知怎的，我突然很想聽蟬丸大人的琵琶。蟬丸大人的琵琶正適合這樣的夜晚啊。」

「我也是這麼想，所以昨晚遣下人過去，說好今晚會來。蜜蟲已經出門相迎了。過一會兒，蜜蟲大概會牽著蟬丸大人的手出現吧。」

「眞是等不及啊。」

博雅舉起酒瓶往自己的空酒杯內倒酒。

晴明望向庭院的櫻花。

火光映在晴明身穿的白色狩衣，搖搖晃晃。

晴明蠕動著紅色雙唇。

「博雅，好像到了。」

話音剛落，蟬丸在房子拐角轉彎，出現在月光中。

他右手持杖，左手被蜜蟲牽著。

蟬丸背上馱著琵琶。

蟬丸在櫻樹下止步，歪著脖子，側耳傾聽。

「櫻花開始飄落了啊。」

他彷彿能聽到花瓣的悄悄話，如此說道。

三

三人在喝酒。

蜜蟲在一旁斟酒。

「看來櫻花也有味道啊。」

蟬丸舉著酒杯說。

「因爲我眼睛看不見，所以我喝酒時，通常會先喝風……」

「喝風？」晴明問。

「應該說是風味吧？風也有依稀味道。我在喝酒之前，會先品嘗吹拂在酒杯內酒面上的風……此刻的風，除了酒香，還有櫻花花香。」

蟬丸微笑著。

看來他眞的聞得出風之味和櫻花香。

蟬丸和晴明聊了一會兒後，向博雅發問。

「博雅大人，您怎麼了……」

因爲蟬丸來了後，博雅幾乎沒有加入談話。始終保持沉默。

雖然博雅也在喝著蜜蟲斟的酒，但他偶爾將視線移向庭院的櫻樹。

蟬丸敏感察覺了博雅的動靜。

「沒、沒什麼。我沒怎麼樣……」

博雅如此說後，將酒杯舉到嘴邊，視線卻又情不自禁地移向櫻樹。

博雅的沉默和衣服摩擦的窸窣聲，似乎令蟬丸明白了博雅的動作。

「博雅大人，您很在意庭院嗎？」

「不，不是，我不、不在意庭院。」

蟬丸似乎在咀嚼博雅的話，不作聲。

過一會兒，蟬丸開口。

「博雅大人，原來您看得到『那東西』……」

「那、『那東西』是什麼……」

博雅抬高聲音。

「正是博雅大人此刻看的東西……」

「……」

「您看得到吧？」

「看、看得到。」

「那是什麼樣子呢？」

「站、站著。」

「站在哪裡？」

「站在庭院。櫻、櫻花樹下……」

「是人嗎……」

「是女人。」

「女人……」

「那女人，頭、頭髮，這樣往上倒豎。是逆髮。」

「那女人在做什麼呢？」

「她站在櫻樹下，正在望著我們。不，看起來像在望著我們，不過她望的是蟬丸大人。那眼神實在很可怕……」

「那女人什麼時候開始站在那兒的？」

「蟬丸大人走進庭院時。蜜蟲牽著蟬丸大人的手一進來，她就緊跟在蟬丸大人身後走進來。我起初以為她是蟬丸大人的同伴，但馬上明白其實不是。那女人，不是這世上的人。」

「您怎麼知道她不是這世上的人呢？」

「因爲她浮在半空。她浮在離地面五、六寸高的半空中行走。現在也是。而且不光如此，那些飄散的櫻花瓣都透過那女人的身體，落向四方……」

「原來如此……」

「蟬丸大人，您知道那女人在這兒嗎……」

「是。」

「蟬丸大人的態度和平常完全一樣，我以爲您不知道那女人在這兒。我想，既然您不知道，我也沒必要特意發問，免得把事情弄得複雜，所以保持沉默。可是，您既然知道……」

「大概在二十年前……不，三十多年前就知道她的存在了。」

「您看到她了？」

「不，我眼睛看不見，只能感覺到她的存在。不過，就我失明前的記憶來說，那女人還活在這世上時，確實是個很美很美的女人……」

若要說美不美，此刻站在櫻樹下那個女人，的確很美。

她身上穿著櫻襲[7]的十二單衣，站在櫻樹下。

只是……

「很可怕。」博雅說。

---

7 「襲之色目」是十二單衣的重疊穿法造成的配色效果。「櫻襲」指表布白，裡布則有紅或葡萄染（淡紫紅）、紫、二藍（藍紫）等諸多說法。陰曆十一月至三月著用。

那女人跟在蟬丸身後進來時，一副很想自蟬丸背後咬住蟬丸脖子的表情。此刻的她，也是同樣表情。

頭髮往天空倒豎，瞪著蟬丸般地凝望著他。

雙眼左右上吊。

「您說至今爲止都知道那女人的存在，這麼說來，過去您和我見面時，那女人每次都跟在您身邊嗎？」

「是。」

「只是我沒察覺她的存在而已嗎？」

「的確如此。」

「喂，晴明啊。」

博雅問始終默默無言聆聽兩人會話的晴明。

「難道之前你都一直看得到那女人？」

「唔，看得到。」

「那你爲什麼都沒說出？」

此時，一旁的蟬丸插嘴。

「是我拜託晴明大人不要說出。」

「你叫晴明不要說出這事？」

「是。」

蟬丸過意不去地點頭。

「晴明大人第一次見到我時，就知道那女人附在我身上。晴明大人也對我說過，他可以驅除那女人，問我打算如何……」

「您怎麼說？」

「我拒絕了。」

「爲什麼？」

「因爲我覺得『那女人』很可憐……」

「可憐？」

「她本來是我的妻子，名叫草凪……」

「您說什麼？那女人是蟬丸大人的妻子？」

「是的。」

「唔，唔……」

博雅說不出話地低哼。

「可、可是，至今爲止我看不見的東西，爲什麼在今晚突然……」

「可能是櫻花吧。」晴明道。

「櫻花？」

「博雅啊，因爲你今晚集中精神讓心靈清澈，打算聆聽人耳聽不到的櫻花聲。所以就讓自己進入看得見平日看不見之物的狀態。你本來就具有這種素質嘛……」

「唔……」

博雅只能低哼。

「今晚正是個好時機。既然博雅大人看見她了，若對她一無所知，內心大概會不舒服吧。我就趁今晚這個機會，向博雅大人詳述有關她的事。」

蟬丸如是說完，開始斷斷續續講述起昔日舊事。

四

那大約是三十年前的事。

當時我還未失明，有個往訪的女人。對方正是草凪。

我和草凪大約維持了八年姻緣，之後，我又往訪另一個女人，逐漸頻繁前往那女人的住處。

新愛人名叫直姬。

於是自然不再前往草凪住處，最後和她斷絕訪婚關係。

草凪生病，身子逐漸衰弱——草凪的侍女芭蕉遣人送來好幾次書信，信中說：只要讓草凪能再見到一面就好，能不能抽空來一趟？

「改天會去。」

嘴上雖如此說，但我其實並不想去見一個因病憔悴不堪的女人，雖然內心掛念著草凪，腳步卻總是往直姬住處方向走。

如此日復一日，正常的雙眼逐漸失去視力，一切都模模糊糊，最後更難以辨認細微的東西。

後來，眼睛深處開始竄過刺痛，痛不堪忍，光是睜著眼睛便會感到很難受。

這時，直姬也壞了身子，臥病不起，痛苦了十天左右，面黃肌瘦，終於突然臥倒般離開人世。

又過了十天，我的雙眼已近乎全盲的某天早晨，有人在宇治橋姬神社後的山中發現兩具女人屍體……

正是草瓜和芭蕉的屍體。

據說，屍體就躺在一棵巨大古杉木前，兩個稻草人偶用釘子釘在杉木樹幹上，其中一個人偶雙眼釘著特別粗大的釘子。

日後，橋姬神社的人告訴我，某天夜晚，他曾在神社後看到搖曳的燈火。

他說，他當時覺得很奇怪，往燈火方向近前一看，發現上述那棵古杉木下有兩個女人，正握著錘子往稻草人偶上釘釘子，把人偶釘在杉木樹幹上。

咚、咚、咚——咚咚咚地踩踏地面。正是那宇治橋的橋姬呀。在神宮後敲打釘子的身姿，令人感到毛骨悚然。

哎呀，我恨你呀恨你，我要讓那個男人痛悔。你痛悔吧！你痛悔吧……

據說，那個看似首謀的女人大哭大喊地下詛咒，並用錘子釘著稻草人偶。

「那女人的頭髮，很駭人地往天空倒豎，雙眼流著血淚，那個樣子差點把我給嚇死。」

告訴我這事的人，當時向我如此描述，但不知爲何，我絲毫不覺得可怕。

在我還不明白雙眼爲何失明時，我很害怕，經常祈禱求不動明王保佑，但是，當我知道下咒的人是草凪後，我反倒覺得她很可憐，之後恐懼就煙消雲散了。

來到兩人的屍體前，我已經全盲，再也看不見草凪。不過，我摸了她的身子，只有她的頭髮始終倒豎，我好幾次爲她梳平頭髮，但不管梳再多次，頭髮仍往上倒豎，形成逆髮。

想到這可能正是草凪對我情意的表現，我很驚訝。

「原來是這樣，原來妳對我用情這麼深。對不起，對不起。」

我摸著她的頭髮，情不自禁掉淚。

「草凪啊，對不起。只是，一度離變的心，就永遠無法返回。妳再怎麼詛咒，也無法改變事實。雖然我不能交出我的心，卻可以交出我的性命。早知事情會變成這樣，不如讓妳附在我身上，咒死我也好……」

我當時確實這樣想。

「草凪啊，妳就附在我身上吧。妳就一直附在我身上，直至我去世吧。

妳不用瞑目。妳就附在我身上等著，等到我死去那一天。那一天必定會來臨的……」

於是，我便讓草凪附在我身上，離開京城，住在逢坂山。

五

蟬丸的敘述到此結束。

「這麼說來，站在櫻樹下的那女人是……」博雅問。

「正是我的妻子草凪。」蟬丸答：「也就是說，直至我死去那天為止，我願意和草凪在一起。」

「那您死去那時呢？」

「這個，我也不知道到底會怎麼樣……」

蟬丸彷彿看得見那女人般，正確無誤地把臉轉向櫻樹方向。

聽完蟬丸的講述，方才覺得很可怕的那女人，此刻看來果然有點哀憐。

「博雅大人，草凪的頭髮仍舊倒豎著嗎？」

「是，倒豎著。」

女人——草瓜的頭髮和出現時一樣，依舊朝天空根根倒豎著。

「晴明大人，我總是想不通她的頭髮爲何會那樣倒豎著。到底爲了什麼緣故，才令她的頭髮那樣倒豎呢？」

「蟬丸大人，難道您不知道其中緣由嗎？」

「是。不過，看來晴明大人已經知道理由了？」

「我知道。」

「請您告訴我。草瓜的頭髮爲何會那樣倒豎……」

「好吧，我來幫您動搖一下她的心。只要她的心動了，您自然能明白她的頭髮爲何倒豎。草瓜小姐生前最喜歡聽什麼琵琶曲呢？」

「應該是〈流泉〉。我每次彈這首曲子時，草瓜總會婆娑起舞……」

「那麼，您能彈彈看嗎？」

「是。」

蟬丸伸手取起擱在一旁的琵琶，抱在懷中。

他自懷中掏出撥子，深呼吸了一口，將撥子貼在弦上。

琤琤……

弦聲響起。

接著是琵琶聲響起。

此時——

「噢，草凪小姐她……」博雅低聲道。

原來草凪在飄落的櫻花瓣中伴隨琵琶聲跳起舞來。

她揚起手，緩緩回頭，頓足起舞。

草凪臉上浮出喜悅表情。

琤……

琤……

琵琶聲繼續響著。

櫻花飄落。

草凪在飄落的花瓣中盤旋舞蹈。

「晴明大人，有某種東西，某種和草凪不同的東西來了……」蟬丸邊彈邊說。

「不要停。繼續彈……」晴明道。

這時——

「咦!?」

博雅大叫。

「手、手……」

博雅說的沒錯。

密密麻麻開滿櫻花的櫻樹中，一隻藍黑色的巨手筆直往下伸出。

那隻巨手一把抓住草瓜的頭髮，看似打算提起草瓜的身體帶到別處。

「是這隻手嗎?是這隻手抓住草瓜小姐的頭髮使其往上倒豎的嗎……」

博雅向蟬丸描述自己看到的情景。

「噢，那是……」

此時，博雅看到了。

他看到櫻花叢中伸出一條朝天巨影。那條巨影也伴隨蟬丸的琵琶聲而起舞。

在花瓣中婆娑舞蹈的巨影，全身裹著火焰，右手握著一把劍。

「不動明王?」

巨影確實是不動明王。

不動明王左手抓著草凪的頭髮，在花瓣中盤旋舞蹈。

博雅向蟬丸說明狀況。

「原來如此。當時我曾祈求不動明王保佑我，原來不動明王打算救我的性命……」

蟬丸聞言，邊彈琵琶邊說。

「但是我覺得草凪可憐，內心早已原諒了草凪，因此不動明王無法帶走草凪……」

「蟬丸大人，我可以讓不動明王不再抓頭髮，請祂離去……」

「別多管閒事！」

說這話的人竟然是草凪。

「她說什麼？草凪小姐剛才說了什麼？」博雅問。

晴明沒答話。

晴明只是望著在櫻花瓣中舞得心醉神迷的草凪。

草凪的表情看似早已忘了剛才她自己說的話。

蟬丸像在呼應草凪，快速地彈起琵琶。

草凪也伴隨著音調，瘋狂般地舞蹈著。

晴明舉起酒瓶，無言地朝博雅遞出。

「怎麼了？」

「博雅，喝吧。今晚是此生不能再逢的夜晚。喝吧……」

博雅沉默了一會兒，終於取起自己的酒杯，遞向晴明。

「晴明，幫我斟酒。」

博雅一口飲盡晴明倒的酒，開口說：

「我們只能在這兒觀看。這樣就行了……」

「嗯。」

「嗯。」

晴明和博雅同時點頭。

櫻花在月光中加速飄落，琵琶和舞蹈持續至夜半。

學精博雅

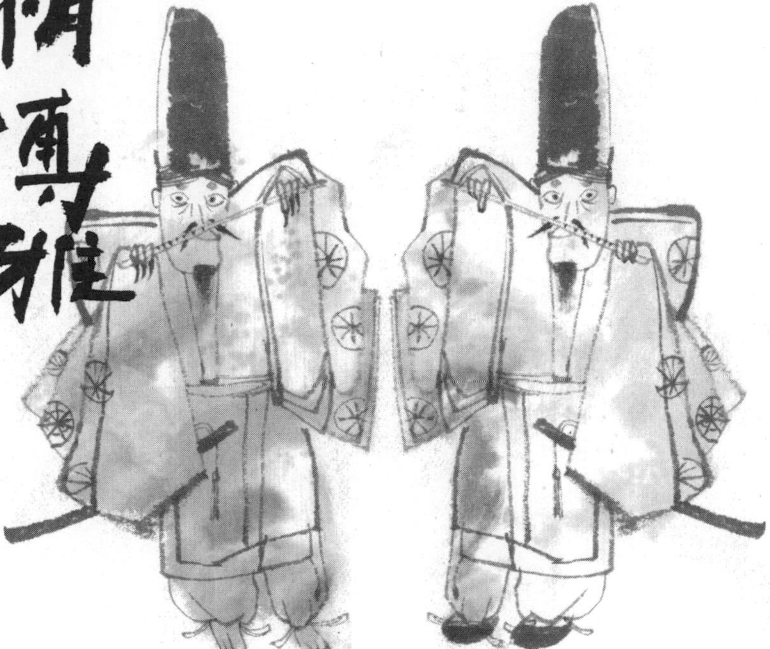

一

「晴明，我真的不知道該怎麼辦。」

源博雅一副傷腦筋的表情如此說。

之後，仍是源博雅一副傷腦筋的表情如此說。

「晴明，我真的不知道該怎麼辦。」

地點是安倍晴明宅邸。

晴明一如既往，身穿飄飄然的白色狩衣，在窄廊和博雅相對而坐。

晴明和博雅之間擺著酒瓶和酒杯。

酒也如往常都準備好了。蜜蟲坐在一旁斟酒的情景也和之前完全一樣。

庭院的藤花正盛開，垂落的串串藤花看似沉重的果實。甜美的藤花香隨風飄來。

不冷不熱的微風吹拂肌膚，令人感到很愜意。

庭院的每棵樹都長出新綠，處處可見叢生野草。

四月的陽光射在庭院。

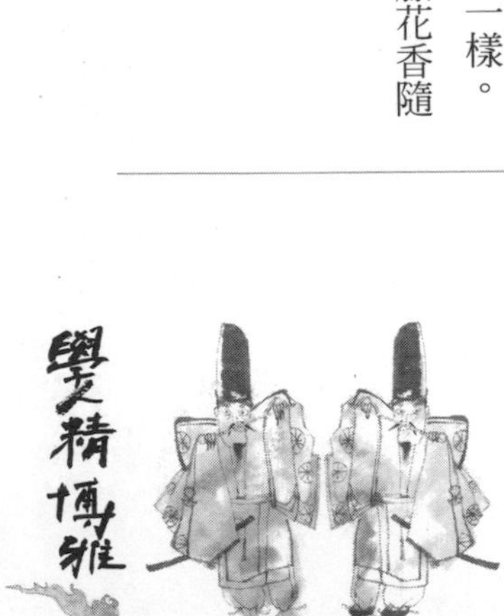

這些都是晴明庭院的四季風景之一，看上去和去年此時的景物毫無差別。

唯一和平日不同的是，晴明面前坐著兩個博雅。

兩人一模一樣——並排坐在一起的兩個博雅，比雙胞胎還相像。說是相像，不如說完全無法區別。一般說來，即便是雙胞胎，只要並排坐在一起，仍能看出些許不同，但此刻坐在晴明面前的兩個博雅，完全看不出任何相異之處。

兩人身上穿著同樣黑袍，坐姿也一樣，都支起右膝，放下左膝。連皺著眉頭，一副煩愁表情，以求救般的圓眼珠望著晴明的樣子也一模一樣。

「晴明啊，我到底該怎麼辦？」

一方的博雅如此說，另一方的博雅也如此說。

「晴明啊，我到底該怎麼辦？」

無論聲質或發音、住口時的節奏和間隔，完全一模一樣。

「幫幫我吧，晴明……」

「幫幫我吧，晴明……」

「你不是最擅長應付這類事情嗎？」

「你不是最擅長應付這類事情嗎？」

方才，兩個博雅前來。

看到並排的兩個博雅，晴明問：

「博雅，到底怎麼回事？」

「晴明，我就是不明白到底怎麼回事，才會來這裡啊。」

「晴明，我就是不明白到底怎麼回事，才會來這裡啊。」

兩個博雅答。

晴明帶兩個博雅來到老地方的窄廊，讓蜜蟲準備酒席。由於有兩個博雅，當然也就準備了兩人份的酒器。

如今，晴明正在聆聽兩個博雅說的話。

只要一方伸手舉起酒杯啜飲，另一方也做出同樣動作。一方嘆氣，另一方也會嘆氣。

晴明望著兩人的動作。

「我都不知該怎麼辦了，晴明，你怎麼還是那個表情……」

「我都不知該怎麼辦了，晴明，你怎麼還是那個表情……」

「我表情怎麼了？」

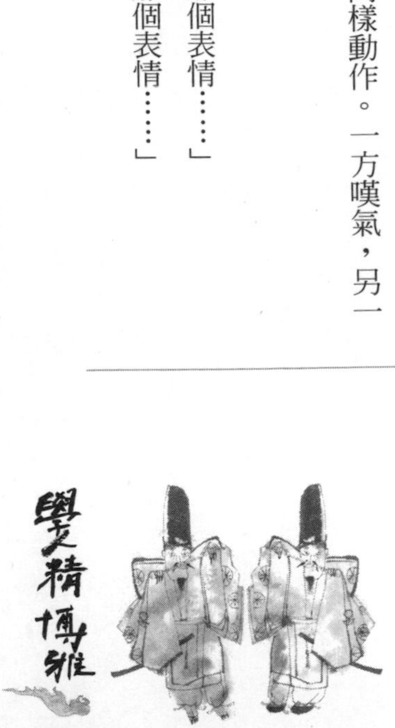

「你不是在笑嗎？」

「你不是在笑嗎？」

「我沒有笑啊。」

「不，你在笑。」

「不，你在笑。」

兩個博雅同樣鼓起雙頰，瞪著晴明。

晴明的嘴脣看似含著微笑，與平日無異，但博雅似乎很不高興。

「看來這次和上次不一樣，似乎和鏡子無關。」晴明低語。

「什麼意思？」

「什麼意思？」

兩個博雅問。

「如果是鏡子映出導致的結果，身上的衣服交領和左右手的動作應該會相反，可是在我看來，完全沒有這種現象。兩個博雅都慣使右手。」

「嗯。」

「嗯。」

博雅點頭。

只是，雙方的博雅都說同樣的話，做著同樣動作。

「不過，博雅啊，什麼時候開始變成這樣的？」

「今天早上。」

「今天早上。」

「我醒來後就發現這小子在枕邊。」

「我醒來後就發現這小子在枕邊。」

「博雅，你昨天不是剛從葛城回來嗎？」

「是的。」

「是的。」

「你去了幾天？」

「五天。」

「五天。」

「你在那邊發生了什麼事？」

晴明問，兩個博雅開始述說。

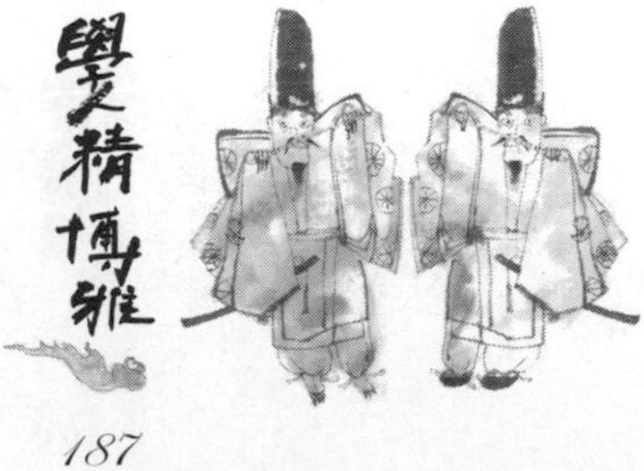

二

六天前早上，博雅離開京城。

他去參拜奉祀一言主神的神社。

一言主神是傳達神諭的神。

惡事是一言，善事亦一言，斷言善惡之神。

因此人們前去詢問事情的善惡或祈求心願。

大約一個月前，村上天皇因故必須作和歌，於是作了一首，卻不知結尾的感嘆詞該用終止形或疑問形。

詢問了一言主神後，所下的神諭是該用疑問形。

用了疑問形後，整首和歌果然非常安定，更加深了和歌中欲傳達的意思。

「不愧是『疑問』神。」

由於和歌作得不錯，天皇再度遣人前往一言主神社參拜。

「讓源博雅大人去最適合。」

有人如此說，於是博雅便動身啓程。

一言主神社位於大和葛城山[1]東南方山腳。

博雅在神社吹了數首笛曲供奉神明，再返回京城。

昨天抵達京城，博雅向皇上報告此事後，再回宅邸，天未黑就入寢。今天早上醒來時，卻發現另一個博雅坐在枕邊正在俯視自己。

「你、你是誰？」博雅問。

「你、你是誰？」博雅也問。

伸手觸碰對方，但對方沒有實體，伸出的手穿過對方身體。

博雅脫下寢衣換穿黑袍，對方也不知在何時換穿了黑袍。

此事令博雅宅內的人都大吃一驚。

博雅束手無措，只得前往晴明宅邸。

他搭牛車前往晴明宅邸。

博雅進入牛車後，另一個博雅也不知何時一聲不響地穿過垂簾坐在博雅身旁。

---

1 位於奈良縣御所市與大阪府南河内郡千早赤阪村邊境。

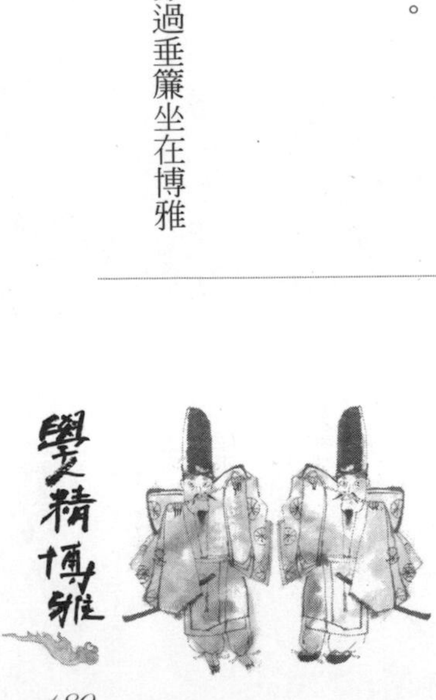

到最後，另一個博雅就這樣隨同博雅一起來到晴明宅邸。

三

「我該怎麼辦？晴明。」

「我該怎麼辦？晴明。」

博雅問。

「別急，等一下……」

晴明歪著頭看似在思索某事。

「喂，晴明，你在遲疑什麼？我是真正的博雅。」

「喂，晴明，你在遲疑什麼？我是真正的博雅。」

兩個博雅同時身子探前。

「博雅啊，我不是在遲疑到底誰才是真正的博雅。」

「那你快說，誰才是真正的博雅？」

「那你快說，誰才是真正的博雅？」

「不說。」

「討厭鬼，你不要耍我，晴明。」
「討厭鬼，你不要耍我，晴明。」
「你只要伸手摸一下，就知道誰才是眞正的博雅。你不摸的話，我摸給你看。」
「你只要伸手摸一下，就知道誰才是眞正的博雅。你不摸的話，我摸給你看。」
「博雅啊，不管誰摸誰，只要一方缺乏實體，雙方都只會穿過對方。看的人看不出到底誰才有實體。」
「晴明啊，既然如此，那你就這樣摸摸看。」
「晴明啊，既然如此，那你就這樣摸摸看。」
兩個博雅同時伸出右手，觸碰對方左肩。
「啊！」
「啊！」
兩個博雅同時發出叫聲，身子也幾乎同時往後仰。
「摸、摸得到。」
「摸、摸得到。」

「抵達這兒之前，手是穿過對方的。」

「抵達這兒之前，手是穿過對方的。」

兩人彼此指著對方。

亦即，本來缺乏實體的另一個博雅，此刻已經具有實體。

此外，直至剛才，是一方先開口說話，另一方再重複說同樣的話，現在兩者之間的差距已縮短。當一方開口說話時，還未說完，另一方即跟著開口說話。

「博雅啊，我知道先開口說話的人是眞正的你，隨後開口說話的人是假博雅。你不用擔心……」

「可是，晴明啊，萬一同時……」

「可是，晴明啊，萬一同時……」

先開口說話的博雅還未說完「晴明啊」這句時，另一方已開口重複說著同樣的話，博雅只得中途住口。

「博雅，你不要說話。我問你話時，你才開口。你說得愈多，你的身體會愈快被占去……」

聽晴明如此說，博雅驚呼。

「什麼!?」

出聲後，博雅慌忙用雙手捂住嘴巴，但另一方的博雅已隨後叫出。

「什麼!?」

並用雙手捂住嘴巴。

「博雅啊，不管誰先開口，我怎麼可能會認錯眞正的你？你不用擔心。」

聽晴明如此說，兩個博雅依舊捂住嘴巴點頭。

「博雅，你拜訪的葛城神社，奉祀一言主神。一言主神是古代神，也是八咫烏[2]的眷屬。而八咫烏正是鴨，亦是加茂氏奉祀的神……」

加茂氏祖先出自晴明的師父賀茂忠行[3]一族。

「往昔，大泊瀨幼武尊在葛城山獵鹿時，遇見這位神祇……」

大泊瀨幼武尊——即雄略天皇[4]。

雄略天皇進入葛城山後，登至一條可以俯瞰山谷的山稜道。

雄略天皇在此遇見外表穿著和天皇這方一模一樣的一行人。

對方身上穿著同樣服裝，都是有紅細繩的藍染布衣。

一切都和天皇這方的一行人一模一樣，連天皇的長相也一樣。

---

2 日本神話中，第一代神武天皇東征時，為天皇帶路的靈獸三足烏。

3 日語中「鴨」與「加茂」、「賀茂」同音。

4 第二十一代天皇。

「你們是誰……」雄略天皇問。
「你應該先報名。」對方道。
「我是幼武尊。」雄略天皇答。
「吾，葛城一言主大神也。」對方道：「惡事是一言，善事亦一言，斷言善惡之神也。」
雄略天皇誠惶誠恐，除了弓箭，還命僕從和眾官吏脫下身上的衣服，全部奉給一言主神。
其他也有關於一言主神的傳說。
此傳說發生在役行者——役小角[5]身上。一言主神在此傳說中是位聽命於小角役使的神祇。
某天，役行者打算在葛城山和吉野金峯山[6]之間搭橋。
小角命天地眾神祇和鬼怪擔任搭橋任務，但工程遲遲不見進展。
「到底怎麼回事？」小角問。
鬼神之一的一言主神說：
「我們長得很醜陋。由於白天不願意讓人看見，所以無法工作……」
原來眾鬼神只在夜晚工作。

---

5 日本修驗道始祖。
6 奈良縣大峰山脈之中，自吉野山到山上岳之連峰的總稱。也稱為「金之御岳」。吉野山的金峯山寺是修驗道的中心地之一、現在是金峯山修驗本宗的總本山。

據說小角聽後大怒，將一言主神關在一座大岩山內。

——這種基本知識，《古事記》也有記載，博雅當然知道。

又怎麼了？晴明……

博雅以詢問眼神望著晴明。

「幼武尊在葛城遇見的人，正是和自己很相像的一言主神。博雅啊，你遇見的也是和自己很相像的東西。而且，雙方不是都同樣在葛城山遇見的嗎？」

原來如此……

博雅恍然大悟般地點頭，另一個博雅也跟著點頭。

「這可怎麼辦才好呢……」

晴明思考了一會兒。

「拿筆和墨來……」

晴明命蜜蟲準備筆墨紙硯。

磨墨後，晴明在紙上刷刷地不知寫下什麼，再遞給蜜蟲。

「蜜蟲呀，妳把這個送到叡山橫川的忍覺僧都那兒。本來說好明天去見他，妳告訴他，我將提早一天，今天就去見他。」

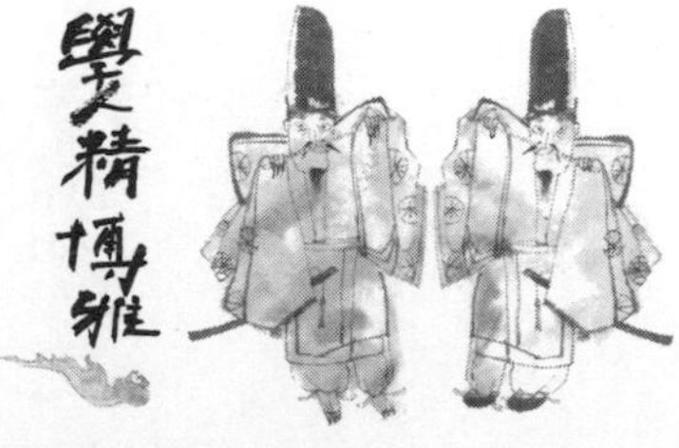

「是。」

蜜蟲點頭，起身後消失蹤影。

博雅以不安的眼神望著晴明。

「別擔心，你的事我沒有忘，博雅……」

晴明將剩餘的紙塞入懷中。

「你跟我一道去叡山……」晴明說。

晴明不知博雅到底有沒有聽懂他的意思。

「和平日一樣，博雅。一起去嗎……」

聽晴明如此說，博雅欲張口。

晴明捂住博雅的嘴。

「現在仍不能說話。只要一開口，你的身體就會被占去。」

晴明微微搖頭。

「你只要點頭就行，一起去嗎……」

「唔，嗯。」

博雅點頭。

「……」

「……」

晴明和博雅彼此默不作聲地點頭，事情就這麼決定了。

四

一行人在徒步。

除了晴明和博雅，僅有式神呑天跟在後面。

博雅讓隨行的幾個牛僮先回去。

一行人中，只有晴明和博雅兩人是人類，餘下是呑天和假博雅。

眾人已經走進叡山半山腰的森林小徑。

在太陽升至中天之前，眾人便離開晴明宅邸，看來足以在天黑前抵達目的地。

櫻樹和杉樹剛發出鮮綠嫩芽，蔓藤纏在槭樹古木上，垂掛著好幾串紫色藤花。

森林大氣中充滿藤花香。

一路上，博雅始終悶不吭聲。

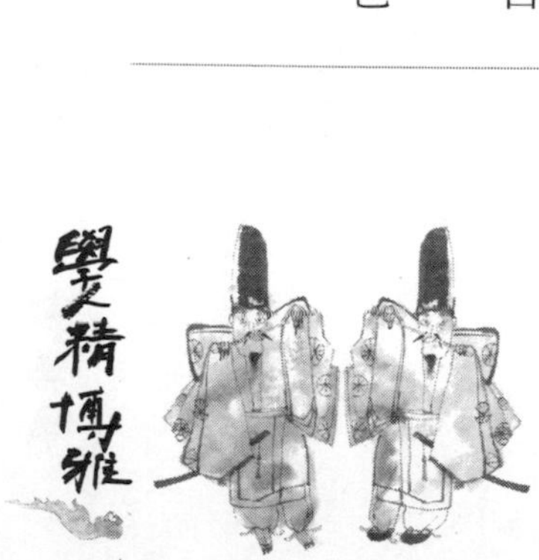

只有晴明偶爾會向博雅搭話。

「喂，博雅，你看那藤花……」

「怎樣？開得很漂亮吧？」

即便晴明如此說，博雅也不能答話，只能漠然地跨出腳步。

「不過，話說回來，博雅啊，雖然你的笛聲很優美，但最好不要隨便在神祇面前吹笛……」

晴明低語。

「你啊，是不是在葛城山中吹了笛子後，又大喊著：這景色眞美，山中已經披上夏裝什麼的……」

博雅用眼神點頭。

走著走著，行至山稜道，眼前的景色開闊起來。

隔著山谷，可以望見對面也有一道山稜。

「就在這兒吧……」

晴明自語，止步。

兩個博雅和呑天也止步。

「好，現在就來看看誰才是眞正的博雅……」

兩個博雅都以求救眼神望著晴明。
「是這邊這個嗎？還是這邊這個呢？」
晴明歪著頭，確認般伸手觸摸兩個博雅的胸部和肩膀。
此刻的兩人都有實體。
「唔……」
晴明歪著頭像在思考某事。
「有個好辦法。」晴明道：「只有眞正的博雅才能在此地開口說一句話。這句話是：『我才是葛城的一言主神』……」
晴明確認般地輪流望著兩個博雅。
「那麼，等我喊出『開始』後，你們就面對這個山谷大喊我剛才說的那句話。明白了嗎？」
兩個博雅點頭。
「開始！」
晴明剛叫出，兩個博雅即面對山谷大喊。
「我才是葛城的一言主神！」
「我才是葛城的一言主神！」

兩人同時出聲。
完全沒有差距，聲音一致。宛如同一個聲音。
瞬間，其中一個博雅突然消失蹤影。
留在原地的博雅大吃一驚地環視四周。
「喂，喂，晴、晴明，怎麼回事？那小子怎麼消失了？不對，應該先問，我可以開口說話了嗎……」
博雅望著晴明。
「博雅啊，你現在不是正在說話嗎？」
「什、什……」
「可以說話了，博雅。」
「晴明，我，是我嗎？那小子跑到哪兒去了？」
「在這兒。」
晴明伸手從懷中取出一張紙人。
「什麼!?」
「這個啊，是我爲了不讓那小子察覺，一路上偷偷在懷中用手撕成的。」

聽晴明如此說，博雅想起晴明在出門前寫了信函，並將剩餘的紙塞進懷中。正如晴明所說，紙人邊緣都起毛，確實看似用手撕成的。

「剛才我觸摸你的身體時，順便撿起落在你肩膀的頭髮，夾在這紙人內……」

「原來……」

「換句話說，對方以爲這紙人是你，附在這紙人上了。」

「我完全聽不懂你的意思。」

「是嗎？」

「晴明啊，那小子到底是什麼東西？爲什麼事情會變成這樣？」

「那是一言主神……不，應該說是一言主神的一部分。」

「什麼!?」

「那麼你看看這樣做會如何。」

晴明將手中的紙人舉至頭頂，再鬆開手。

紙人隨風飄浮在半空。

風吹送紙人飄至山谷，紙人逐漸變小，最後消失蹤影。

當紙人消失時——

「我才是葛城的一言主神！」
山谷深處傳出響亮叫聲。
「這、這是……」
「是木靈[7]。」
「木靈？」
「這兒是木靈聽得最清楚的地方……」
「可是，剛才我大喊時，沒聽見任何聲音。」
「大概是橫川的忍覺僧都暗中幫忙吧。」
「忍覺僧都？」
「之前我不是寫了信嗎？忍覺大約是按照我在信中寫的內容，向日枝的大山咋神[8]祈求，要是聽到有人說出一言主神的名字，千萬不要回應。」
「大山咋神？」
「葛城的一言主神雖是古代神，但大山咋神也是自這座山被稱作日枝山的時期以來便存在的古代神。大山咋神和一言主神是老朋友……」
「老朋友？眾神是老朋友……」
「沒錯。」

7 日文稱山谷中的延遲回聲現象。
8 在山裡打樁的神，意即大山的所有者之神，《古事記》記載，該神鎮座於日枝山（之後的比叡山）與葛城（之後的京都市）的松尾。

「那麼，那小子是……」

「我不是說過了？是一言主神的一部分。」

「……」

「以同樣外貌出現在幼武尊面前的那個一言主神，正是木靈。博雅，剛才你的聲音沒有回聲，所以那小子只能恢復爲眞正的木靈。」

「我仍不明白到底發生了什麼事……」

博雅微微搖頭。

「木靈是山神的屬性之一。雖然回音是大自然現象，但是，山神的一部分也會附在回音上……」

「什……」

「我想，那小子大概感應到了你的笛聲，久違地現身，打算附在你身上。你的聲音很大，面對葛城山中大喊時，回音應該也很大，那小子也容易附上身。」

「附身後，會怎樣？」

「各式各樣。有時不久後會主動離開，有時是你會成爲神祇本身。」

「我，成爲神祇？」

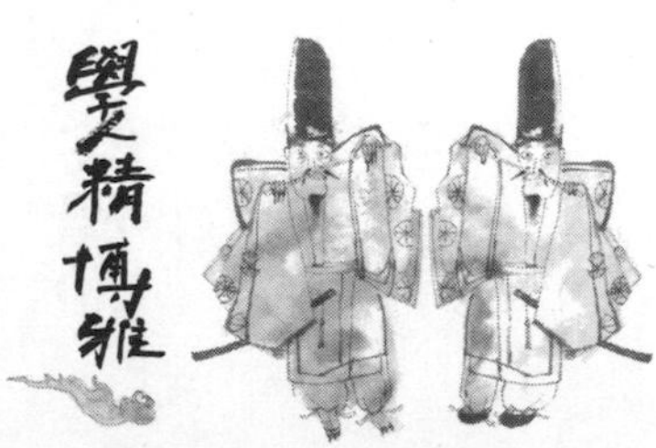

「人也可以成爲神祇。」

「哎，雖然我仍聽不明白，卻感到非常惶恐。」

「成爲神祇的博雅也不錯，不過，萬一以後聽不到你的笛聲，我會很寂寞。」

「這麼說來，剛才的木靈是……」

「剛剛已從紙人中被釋放出來。現在已經無害了。」

「意思是，我得救了？」

「意思是，你成不了神祇，很遺憾。」

「我無意成爲神祇。可是，這樣一來，往後在葛城不就聽不到木靈了？」

「聽得到。」

「那，接下來該怎麼辦？」

「按照計畫，前往橫川。」

「事情不是結束了嗎？」

「我們還沒給人家謝禮。」

「謝禮？」

「給忍覺大人和大山咋神的謝禮。」

「……」

「我在信中說：如果神祇接受祈求，我會帶源博雅前往橫川，讓大家痛痛快快地聽一場笛樂。」

「吹笛……」博雅不安地道。

「已經沒事了。這座山的神祇和一言主神一樣，不會惡作劇。祂是位認眞老實的神祇。再說……」

「再說？」

「有我在你身邊。另有一件事要告訴你，我在信中還拜託對方準備了美酒。」

「是、是嗎？」

「去嗎？」

「嗯。」

「走。」

「走。」

事情就這麼決定了。

鏡童子

一

有名童子在黑暗中行走。

光著腳行走。

到底是夜晚的森林，或是洞窟內？因毫無亮光，不能確定在何處。不過，奇妙的是，唯有童子的身姿非常清楚。

年約八歲或九歲。

然而，童子身上穿的是成人服裝。雖然看得出是黑衣，卻看不清是什麼服制，因爲童子捲起超過身高的多餘下襬和袖子，捲到一半。身上穿的衣服寬鬆，應該不好走路。

童子眉宇英毅，臉上卻一副不安神色。

並非僅是因爲四周黑漆一團。他不明白自己爲何在黑暗中行走，也不明白自己到底將前往何處。

不止如此，童子連自己到底是誰，叫什麼名字都不清楚。

既然前行是黑暗，止步亦是黑暗，他大概認爲走下去終能抵達某處而繼

續走著吧。

單說他自己雙腳踩的東西，到底是什麼呢？

他連自己光腳踩的東西到底是泥土還是地板都不清楚。踩上去時，有時覺得很軟，有時又覺得很硬。好像不是踩在具體的東西上，而是踩著黑暗本身。難道黑暗的觸感就是這樣？

或許向人求救比較好。

但是，碰到這種情況，他到底該呼叫誰的名字？父親的名字？母親的名字？

童子張口欲大喊，卻又作罷。

因爲他不但記不起父母的名字，連他們的長相也想不起來。

沒辦法，只得繼續行走。

或許，他自方才起便一直在重複做著同一件事。就在剛才，他不也打算呼喚父母的名字，卻又作罷嗎？

一切都不知道。

因爲不知道，只能往前走。

無論走多遠，始終沒有變化。

如果走的是路，他覺得好像走在平坦地面上，又覺得好像在爬坡，亦覺得好像在下坡。另一方，他又覺得好像只是一直在原地打轉。

砰。

右腳似乎撞上某物。

待他暗叫不妙時，左腳已經跨出，似乎踩到什麼東西。

喀的一聲響起，左腳下的東西破碎了。

到底撞上什麼東西？又踩到什麼東西呢？

他蹲下，伸出手，觸到某物。

那東西不是左腳踩碎的東西。

既硬又圓——

他站起身，雙手撫摩著該物。

物體上有兩個可以伸進兩根手指的圓孔，這到底是……

難道這是——

「骷髏。」

思及此，他突然看得見雙手上的東西。

是個發出藍白色光的骷髏。

「哇！」

童子大叫，拋出骷髏。

骷髏咕咚落地，破碎了。

這時，童子總算可以看清四周。

原來童子站在眾多散落的骷髏和人骨之中。

明明看不清其他東西，那些無數人骨卻似乎沐浴在月光下，發出淡淡白光。

童子想逃跑，但無論逃到哪裡，四周都是同樣的人骨，漫無邊際。

既然眼下有這麼多人骨，爲什麼之前一直沒踩到呢？

喀！

喀！

聲音響起。

仔細一看，原來腳邊的骷髏在動。

童子差點叫出聲，並非因爲骷髏動了，而是有個黑色的東西自骷髏的眼洞中爬出。

是老鼠。

老鼠下肢直立，高聲說：
「來，跟我來。」
其次響起既粗又低的聲音。
「這裡，這裡。」
原來老鼠前面有牛。
接著是巨大野獸的影子在晃動。
「快，快來啊，童子。」
低吼般說話的是一頭大老虎。
「這邊，這邊。」
兔子蹦蹦跳。
此時，出現一條身上纏繞雲朵如著衣袍的龍。
「這兒。」龍說。
接著響起「是的，是的」的聲音。
人骨間爬出一條蜿蜒前行的蛇，為童子帶路。
後方又響起蹄聲。
「要乘在我背上嗎？」

出現的是馬。
「歡迎到此。」
說著挨近的是羊。
「這邊哦，這邊哦。」
猴子急促呼喚。
「不遠了！不遠了！」
雞在啼叫。
「來得好，來得好。」
狗兒興奮得跑來跑去。
「這兒，這兒。」
山豬發出威嚴聲音。
此時，童子終於止步。
對面不遠坐著一個女人。
髮長，膚色白皙，嘴唇紅如鮮血。
雙眼細長得看似用刀刃在左右額角往上嘶、嘶地劃出兩條裂縫。
那女人身穿唐衣[1]坐著，紅脣嘴角往兩邊上揚，得意地笑道：

1平安時代，穿在十二單最外面的較短上衣。前幅長如袖，後幅較短，袖幅窄，以綾、錦二重織品裁成。

「你居然能抵達此地。」

以女人爲中心，四周環繞著剛才陸續出現的老鼠、牛、老虎、兔子、龍、蛇、馬、羊、猴子、雞、狗、山豬。

「好了，你不用再擔心。過來吧。」

女人舉起白皙皓腕，向童子招手。

正當童子情不自禁欲往前跨出腳步時——

「不行！不行！」

童子背後響起叫聲。

童子回頭望去，發現有個老人用雙腳趾尖站在一個骷髏上。

白髮，白鬚——身上穿著麻布製成的白色公卿便服。

「你要是到那位神祇那邊，到時後悔也來不及了……」老人道。

女人緩緩站起。

「你怕我奪走此童，才慌忙出來阻止嗎……」

童子看見女人的長相，卻猜不出年齡。看上去像是十七、八歲的女孩，也像是年久生苔的老太婆。

「這童子本來就打算到我這兒來。這童子是我的……」

女人說畢，四周的老鼠、牛、老虎、兔子、龍、蛇、馬、羊、猴子、雞、狗、山豬，均贊同般同時發出叫聲。

吱吱吱吱吱吱

哞哞哞哞哞哞

吼吼吼吼吼吼

嗶嘰嗶嘰嗶嘰

轟嗯轟嗯轟嗯

嘶嘶嘶嘶嘶嘶

咴兒咴兒咴兒

咩咩咩咩咩咩

唧唧唧唧唧唧

咕咕咕咕咕咕

汪汪汪汪汪汪

齁齁齁齁齁齁

「來，來，到這邊來，快來呀……」女人微笑。

那微笑有點恐怖。

「不能去。你本來要走向我的方位。要來的話，到我這兒來。」

「不，這童子實際上是走向南方歲德神[2]的方位吧？」

「倘若他打算往南，卻走向我居住的北方，這男子就是我的。」

老人說畢，女人四周的動物全發怒般地大吼大叫。

「妳讓那些動物圍在妳四周，妳自己不出來嗎？正因爲妳老是居中，大家才會稱妳爲『中神』……」

「你別多管閒事。」

「喂！」老人瞧了一眼童子說：「不要去。那邊是塞位[3]，要是去了，你就再也回不來。」

黃牙間露出飄舞的舌頭。

「童子啊，你千萬不能去那邊。去了，會造成七殺。不僅是你，你家七個人都會遭連累……」

「你在胡說什麼？」

「妳在胡說什麼？」

兩人在吵嘴時，童子害怕起來，往其他方向前行。

「喂！」

---

2 又名「年神」。陰陽道中司長該年福德之神。此神所在方位稱為「明方」或「惠方」，諸事皆吉。每年方位皆不同。

3 指陰陽道中，天一神、金神等所在的方位，為凶。

「你要去哪裡？」

兩人的聲音追逐著童子。

「等等！」

「來這邊！」

聲音似乎緊緊攫住童子的衣領。

但童子沒有回頭。

然而，接下來該怎麼辦呢？

只能像方才那般漫無頭緒地往前走。

到底該走向哪裡呢——

走著走著，童子似乎聽到某種聲音。

那聲音很輕微。

童子在行走時，突然聽到那聲音，過一會兒又突然消失。不過，繼續往前走時，又會突然聽到那聲音。

琤琤……

琤琤……

聽起來似乎是這種聲音。

到底是什麼聲音呢？

童子在可以聽到聲音的地點止步。停止腳步後，卻聽不到聲音。不過，只要跨出腳步往前走，在黑暗中也一直能聽到那聲音。

童子覺得以前好像在哪裡聽過那聲音。

是弦聲。那不正是撥弦的聲音嗎？

是琵琶!?

有人在某處彈琵琶嗎？

童子不禁舉起右手貼在胸前，打算探進懷中。

但手探不進懷中。

啊！

童子暗叫。

原來他把衣服交領穿錯了，成相反邊。

童子再舉起左手伸進懷中。

手指觸到堅硬東西。他取出那東西，舉在眼前。

「原來是笛子……」

是龍笛。

童子自然而然地將笛子貼在脣上。

他用右手握住笛子靠近嘴脣的一邊，左手則握住較遠的一端。

是這樣吹的嗎？

以前吹笛時，右手和左手到底怎麼用的？

笛聲滑出。

那聲音在黑暗中發出銀光。童子的四周逐漸塡滿發光的音符。

笛聲響起後，之前的琵琶聲似乎稍微變大了，曲調也有變化，而且那琵琶聲似乎在應和著童子吹的笛聲。

此刻，童子已經聽出琵琶聲的方向。

童子邊吹笛，邊往琵琶聲響起的方向行走。愈往前，琵琶聲便愈清晰。

順著琵琶聲方向前行時，終於看到某種東西。

起初只能望見前面遠方有個東西，逐步挨近後，才漸漸看清那東西到底是什麼。

是貓。

貓坐在對面，一雙發出綠光的眸子正望向童子。

童子在貓前止步。

哎呀，眞是不可思議，原來琵琶聲發自那隻貓體內。

童子停止吹笛。

這隻貓到底是什麼貓？

「你總算停下腳步了……」聲音響起。

方才那個老人站在童子右邊。

「只要你停下腳步，我們便能再度現身……」

方才那個女人微笑著舉起左手。

童子雖停止腳步，仍聽得見琵琶聲。

「這隻貓啊……」老人指著貓說：「是一切都不做、一切都不能做的神祇……」

「沒錯。」女人點頭。

「祂是只待在那兒的神祇，什麼都不做……」老人道。

「那麼，你說說看，什麼神祇會做些什麼事？神祇本來就是什麼事都不做的存在。」女人說。

「哼。」

「哼。」

老人和女人發出低沉呼氣，雙方逐漸挨近。

童子心想，這下逃不掉了。

他不知該怎麼辦。

「快逃……」

聲音響起。

那不是老人的聲音，也不是女人的聲音。

那聲音以前似乎曾聽過。

到底在哪兒聽過呢？

那聲音令人懷念，又令人放心。

「這邊。」

那聲音和琵琶聲同時響起。

是貓。

聲音發自貓的體內。

到底是誰的聲音呢？

那聲音令人非常懷念，又令人非常放心。

童子的身子逐漸變大。

不但長高了，表情也逐漸成熟。
童子變成少年。
「不行！」
「他察覺了！」
「察覺了他自己……」
「察覺了他自己……」
老人和女人說。
「不能讓他走！」
「不能讓他走！」
老人和女人漸次挨近童子。
就在此時——
貓一下子張開了口。
貓口中傳出聲音。
「博雅，是這邊。」
他不再猶豫不前。
逐漸變成少年身姿的童子，不假思索地跳進貓口中。

「你這小子！」

「你這小子！」

少年背後響起兩人的怒吼。

二

源博雅右手握著笛子，站在月光中。

眼前佇立著身穿白色狩衣的安倍晴明。

地點是位於土御門小路的晴明宅邸庭院。

青色月亮掛在中天。

晴明身後就是窄廊，蟬丸法師坐在其上彈著琵琶。

「晴、晴明!?」

博雅看似完全不明白自己爲何會身在此地。

「博雅，你總算回來了。」

「回、回來？」

博雅說此話時，琵琶聲已止。

「幸好您回來了，博雅大人。」蟬丸道。

「到、到底發生了什麼事？晴明。我、我奉皇上之命，此刻應該正護送鏡子前往兼家大人住處……」

「你搭牛車去的吧？」

「沒、沒錯。」

博雅似乎仍無法理解發生了什麼事，呆立在原地。

「我應該正在牛車內。結果，突然出現在這兒……不，不是突然。我好像做了一場夢。依稀記得是場很恐怖的夢。我以爲還在夢中，結果聽到你的聲音……」

「是我叫了你，博雅。」

「沒、沒錯。所以，所以，我才跳進貓口中……」

「貓口？」

「嗯。」

「原來如此。你把歲德神看成是貓了。」

「歲德神？」

「換句話說，你把鏡子看成是歲德神的貓口，博雅。」

「什麼!?」

「你在那邊遇見了怪異東西吧?」

「唔，嗯。」

博雅點頭，稍微記起在夢中發生的事。

他向晴明描述夢境後——

「這麼說來，那個女人是中神……亦即天一神[4]吧。」晴明道。

「你說什麼?」

「老人應該是金神[5]。」

「這兩個名字不都是方位神嗎?」

「是的。博雅啊，你是在鏡子中遇見了方位神。」

「鏡子中……」

「博雅，你看看自己腳邊。」

博雅望向腳邊，發現鏡子落在地面，映著月亮。

「鏡、鏡子……」博雅蹲身拾起銅鏡。

「這是……」

「這應該就是那個男人命你送到兼家大人處的鏡子吧……」

---

4 陰陽道中的方位神之一，掌管人的禍福，堵塞凶位。是地星之靈。

5 陰陽道中的方位神之一，金氣之精，朝此神所在方位而行會興土木，忌移轉、出門、嫁娶。

那個男人——當晴明如此形容時，指的是皇上。

「晴明啊，你不能直呼皇上爲『那個男人』。」

晴明不理會博雅的話，接道：

「博雅啊，你走錯方違[6]了……」

「我……走錯方違……」

「你當初如何選擇方違的方向？」

「我是……」

受皇上之託接管鏡子的人——藤原兼家宅邸剛好位於東南方。

「今天東南方剛好是塞位……」博雅低語。

塞位——表示今天東南方有天一神。因此必須避開東南方，先南下，之後再東行，以此前往兼家宅邸。此時南方的方位神正好是歲德神。歲德神是吉神，不會危害人。

因而博雅乘著牛車南下。

「博雅啊，歲德神位於南方時，北方是哪位神祇？」

「居於歲德神反方向的通常是金神。這麼說來，北方應該是金神？」

「沒錯，博雅。」

---

6 陰陽道中，天一神、金神等所在的方位為凶，外出時要避開，前一夜在其他方位住一晚再前往目的地。

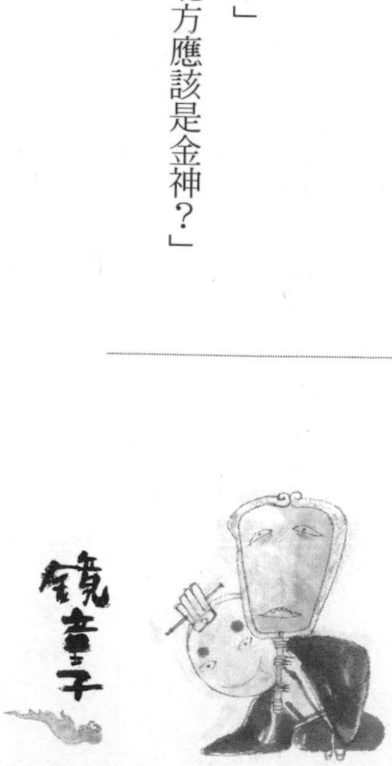

「可是，我沒有北上，我是南下呀。我走錯哪裡了？」

「博雅啊，你當時身上應該放有那面受皇上之託的鏡子吧？」

「是啊。我把鏡子放進錦緞香袋，藏在懷中……」

「正因爲你身上有那面鏡子，所以你以爲正在南下，其實與朝北方走無異，博雅。」

「什……」

「金神是金屬之神。鏡子是金屬製成的。何況鏡子本來在皇上手中，而且鏡子是映照物體的東西，因此才會發生今天這樣的事……」

「……」

「當時即便你想避難，逃向前方或後方都行不通，唯一可行之途，是逃進鏡子中。」

「竟然有這種事？」

「實際上不是發生了嗎？」

「話雖如此……」

「聽說你在牛車內消失蹤影，車內只留下鏡子……」

原來如此——

原來衣服的交領相反，吹笛時，持笛的左右手位置也相反，都是鏡子造成的現象。

傍晚過後，晴明才接到消息，說牛車內只留下鏡子，博雅本人卻下落不明。

「打聽各種消息後，我大致猜出到底發生了什麼事。映在鏡子中的世界，相當於一種陰態。我想，如果你處於陰態，金神和天一神大概會向你出手。我打算在祂們出手之前救你出來，正當我在思索該怎麼辦時……」

「恰好我來拜訪晴明大人。」蟬丸說。

「如果人進入鏡中世界，會失去心靈的一部分。」

「我想起來了，我在鏡子中，好像變小了，變成童子……」

「可能是你的心靈大半都被奪走，所以心態也變成童子吧。」

「是嗎……」

博雅如鯁在喉，他仍舊一頭霧水，但總算多少理解了事態。

「博雅啊，那面鏡子，明天再送去吧。」

「明天？」

「蟬丸大人很久沒來了。今晚就以蟬丸大人的琵琶聲爲下酒菜，咱倆來

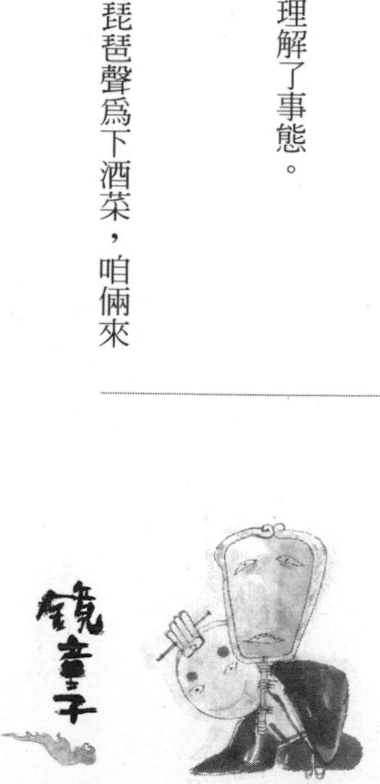

喝一杯，這主意應該不錯……」

「就這麼辦。」

博雅一臉如總算嚥下梗在喉嚨的東西般，舒懷地點頭。

後記

——詩與俳句以及其他

正打算寫後記時，突然浮出句子。

想把那句子作成俳句[1]，腦子裡左思右想。

句子是：

形成一朵梅花，吾心悲情。

由於不知道這種句子能不能形成俳句樣式，思索了半天想整理成俳句格律，卻總是失敗。

不過，即便是不定型格律，反正是自然而然浮出的句子，所以我一邊覺得這樣應該也可以，但另一邊又覺得用「悲情」這個詞或許太直白，或許改爲「憐愛」比較好，更或許改爲「情欲」比較強烈，想來想去，寫到最後，結果文字太長，最後形成一首「詩」。

有時，我會心血來潮作詩，或一口氣就寫成一首詩，不過，那都是句子突然主動浮出，並非我硬要作詩或作俳句而寫成。我記得以前曾一口氣寫了一百首有關摔角的和歌。

這回也是這樣。

---

1 日本古典短詩，原稱俳諧（也寫為誹諧），由五、七、五三行十七個日文字母組成，且其中必定要有一個季語，即用以表示春、夏、秋、冬及新年的季節用語。

以下是我寫成的東西。

一朵

形成一朵
梅花
吾心悲情
形成一朵
梅花
吾心哀愁

一朵
陽光下的
梅花
盛開吧
開得令人憐愛

這樣就好

看來我不擅長作俳句。

在俳句那短短幾個字中，如用刀刃鋒利切下那般，想從景色中奪取某種思緒或感情，之後再乾脆俐落地將其盛在盤中端出——這種事，我做不來。

如果腦中回路已經形成，我覺得好像可以文思泉湧地作詩，但實際上能不能作成則是另一回事。

弄到最後，正如前面所說，就變成一首「詩」了。

我想，文字多一點的東西，似乎比較適合我這個人的尺寸。

不過，偶爾也會作成類似俳句的東西。

以下是今年作成的幾首俳句——

黝黯櫻花中　女人的頭顱　正在笑嘻嘻

片片櫻花瓣　隨風翩翩舞　今晚該如何

這種句子到底好不好，到底有沒有價值，連作詩的我也不知道。
順便再說一件事，今年我也作了一首歌詞。
因爲腦中突然浮出歌詞。
歌詞如下：

老頭子調（可以打拍子唱）

一

我是老頭子
你有意見嗎？（說台詞般大聲唱）

無可否認的代謝症候群
曾經做過這般那般壞事
甚至連不可告人之事
我也做過兩兩三三件
興趣是

工作
你有意見嗎？
所以再給我一杯啤酒
所以再給我一杯啤酒

二

我是老頭子
你有意見嗎？

在背後說上司壞話
有時也會討好部下
更會摸摸老婆屁股
興趣是
打哈哈
你有意見嗎？
所以再給我一杯啤酒

所以再給我一杯啤酒

三

我是老頭子
你有意見嗎？

社會地位約當中等
雖小氣卻八面玲瓏
絕對不使用手扶梯
已經動不動就流淚了
興趣是
老婆
你有意見嗎？
所以再給我一杯啤酒
所以再給我一杯啤酒
所以再給我一杯啤酒

大致是這樣。

不知不覺中，類似的歌詞已經累積到一百首左右。

這該怎麼辦才好呢？

我還在暗自思量，有沒有出版社願意把這些東西做成一本書？

雖然這篇後記寫得很怪，不過《陰陽師》以及晴明、博雅都一如往昔。

人生如浮雲。

自何處來又將飄向何處？從哪裡冒出又將消失於哪裡？

這問題實在很難解。

也因此，人生很有趣。

二〇〇九年十二月十六日於小田原——

夢枕獏

夢枕獏公式網站「蓬萊宮」網址：http://www.digiadv.co.jp/baku/

推薦導讀

人生雖如浮雲，卻有情。

文／黃小黛

「人生如浮雲。自何處來又將飄向何處？從哪裡冒出又將消失於哪裡？這問題實在很難解。也因此，人生很有趣。」這段話給夢枕獏烙在後記中。

我覺得也是如此，人活在世間裡，便有喜、怒、哀、懼、愛、惡、欲。而這部以術士安倍晴明為主角的神怪故事，給了我對日本印象的一抹妖冶鬼氣。

在晴明的世界裡，人亡後，若不甘，總是黑白分明以魂現身普世，夾帶著愛與恨的情緒，與活人互相交連錯雜在一起，藉以詮釋人間未了之情，而那些鬼魅，同時存在於日常生活之中，挾恨摧殘之姿對凡人來講像惡夢浮影，雖無實體但迫人之心卻真實得猶如現實。

我常覺得平民生活間的傳說，比起書本上的歷史更加血肉，更添人性，愛其來有自，恨亦如此，無法超脫心結，就成內在的怨念，日夜熬煮那份糾結，變為一種咒，咒不解，就成桎梏，猶似地獄牢籠。自己無解，透過尋仇報復而與陰陽師相遇，再被以勸說、制伏或化解，再入夢枕獏之說書，則成一篇篇神祕古典的故事，可以為食天地之氣的神祇，也能是因變心而受詛咒的身軀，由愛生恨，因慾望而產生占有之情，人成了一種承載情感的容器，靈魂深處的感情即使身體死亡了，卻未隨著肉身結束而解脫，才有如此多的恩怨情懷迴盪在故事裡。

那麼，我們何時才能將每日吸收來的情緒一一歸位，抑或化解呢？這約莫是一生的功課了，生活上的事情被下筆，再淡、再濃，再鬼神靈異之事，都是人的心轉化而來，而人心的變化，始終是「陰陽師」中一再輪迴的故事。

一個作家不超脫，無法看清筆觸，賦予主角各自獨特的性情與脾氣；一個作家太抽離，角色容易寡情少義。夢枕貘筆下的陰陽師安倍晴明栩栩如生，超然物外，不爲世俗所拘束，卻日日面對人心貪念與誘惑後的面目。而我讀它，深深陷入察覺常情的情緒之中，那些文字的韻味，就像一種奇妙的導入，彷彿身歷其境感受著每篇文章中角色的心思，那種滲透與領情，其實因爲我們就是那些人的其中之一，我們就是他們，所以能理解那些放不下的課題。

有人說，我們誕生在這個世界上都是夾帶著自己的一門功課而來，功課就像魔考，不寫好，就會鬼打牆的不斷輪迴來試煉本我人生，而當我們今日透過文字中望見自我靈魂中的結與課題，那份眞正的相遇似乎也在預告著該釋懷與排解的凝結；所以說——

「陰陽師」終究不像是小說野史，而是一本眞實人間的浮世繪，訴說著世情輪迴的人性面，值得細細品味其中意味深長的劇情。

★黃小黛　出生於台南，現居台北。著有《家族記憶》、《散步阮台南》、《七種民宿的旅行》等書。

附錄

陰陽師的世界

平安時代知多少？

★本文摘錄自茂呂美耶著〈繁華平安——平安朝生活面貌知多少〉，《2005陰陽師千年特集》

日本史上，延曆十三年（七九四年）至同治元年（一一八五年）間約四百年，稱爲「平安時代」。平安時代始於桓武天皇將首都自長岡京遷至平安京，從而締造了平安京往後的千年繁華。

左右時代風華的貴族

平安時代文化之所以稱爲「貴族王朝文化」，是因爲這個時代的文化都源於貴族階層。

古代貴族階層只限皇族、公卿、大名。公卿是在宮廷任職的高級官員，大名則是地方首長。一般說來，律令制度下的公卿人數約二十人，官僚集團則約一萬人，官位從「正一品」、「從一品」到「少初位上」、「少初位下」，總計三十級，底下還有無官位公務員。律令官僚總數是一萬人左右，加上家眷，頂多四萬人。這四萬人便是廣義的貴族階層，幾乎全住在總人口約十五萬的平安京——而當時的日本總人口是六百萬。

貴族有哪些特權？首先是土地與住宅。平安京貴族階層的住宅地皮採配給制度。官位三品以上的上流貴族，配給土地一町（四千三百六十坪）；四品與五品官位的中等貴族配給半町；下層貴族是中等貴族的一半。

服裝或交通工具也是分辨階級身分的線索。定期或不定期入宮辦公的「殿上人」，都穿正式禮服「束帶」。「束帶」的顏色、花紋、質料，都依官位分得一清二楚。以人力挽行、推拉的鳳輦、蔥花輦、腰輿等，只限皇族搭乘；公卿與僧侶則搭其他輕便轎子，連牛車也有等級。

生活點點滴滴

☆飲食

平安人一天只吃兩餐：上午十點一餐，下午四點一餐。平安時代的貴族相當注重用餐時間。

主食是米飯。以底層有許多細孔的瓦製圓形蒸籠蒸出的是「強飯」，米飯很硬，沒有粘性；亦有以水煮出、較「強飯」軟、相當於今日白米飯的「姬飯」。天皇吃的通常是「強飯」，但私下偶爾也吃「姬飯」。不過大多數庶民的主食仍是五穀類，只有富裕人家才吃得起米飯。

至於年糕，當時是用糯米、麵粉混合製成，與現代年糕有點不同，但都用於供神或慶賀節日上。平安時代還有一種「三日糕」，是婚禮第三天讓新人吃的喜餅，表示第四天開始，兩人將成爲正式夫妻。

飛鳥時代，天武天皇下令禁食牛、馬、犬、猿、雞；八世紀中旬奈良時代，聖武天皇又禁屠牛、馬，因而九世紀後的平安人已養成不吃任何獸肉的習慣。此禁令持續至明治維新後才解禁。話雖如此，還是有人以狩獵爲生，提供獸肉給病人或體弱的人當補品，這些補品主要是野雞、野鴨。

調味料有鹽、味噌、醋、蜂蜜、甘葛、酒。水果種類與現代不相上下，不過，點心可就大相徑庭，例如餲餬、黏臍、鎚子、團喜、結果、捻頭、索餅……

☆女裝

平安時代的女性服飾，基本上有三種：禮裝、正式服裝、褻服。顧名思義，禮裝當然是公式儀式時所穿的盛裝，正式服裝則爲後宮女官平素穿的服裝，褻服是家居服。

正式服裝俗稱十二單衣，在宮廷或貴族宅邸服侍的女官、女侍，因必須接待來客，平日都穿十二單衣。十二單衣上加裙帶、領巾，頭上再戴寶冠、髮釵，便是禮裝。褻服是家居服的一種，後宮眾后妃及皇女，平素只穿褻服，而女官只有在夜晚回自己廂房睡覺或生病請假回娘家時，才有機會換穿褻服。無論十二單衣或褻服，下半身最裡層均是褲裙，而非長裙。

旅遊時穿「壺裝束」，腰上繫帶子，以免下擺拖地；袖子捲起來，頭上戴「市女笠」。「市女笠」是饅頭形笠子，本爲女人在市場叫賣時所戴的草笠，不知何時開始，竟在貴族間流行起來。另有一種山野用笠子，四周圍上透明紗。

☆照明

主要照明是燈臺、燈籠、脂蠋、篝火。燈臺是竹竿頂個小盤子，盤子上有三腳鐵環，鐵環上擱油器，倒油，置燈芯，點燃。燈籠有四角、六角、八角形三種，材料是石、竹、木、鐵等等，四周用紗布或紙圍住，吊在半空。脂蠋是圓形松木，長一尺五寸，直徑三分，尖端用炭火燻黑，再塗上菜油，烘乾，手持部分捲紙，室內專用。室外則用火把。篝火是鐵籠內放松木點燃，庭院專用。

☆牛車的乘坐規矩

交通工具是牛車。種類很多，但各種牛車均有貴賤之別，無法隨意挑選。乘坐牛車時，後方上車，前方下車。單獨一人乘坐時，靠左側、面向右側；兩人以上乘坐時，前方右側及後方左側是上座。因背對左右兩側相對而坐，若男女同乘一輛牛車，男子應坐右側，女子則坐左側。

☆行事

宮內每逢庚申日，必須整夜不眠，或請陰陽師念咒，或辦文藝活動，稱爲「守庚申」。和歌競賽、物語競賽、管絃競賽等等通常都在這天夜晚舉行。

臨重要儀式前幾天，要是前一晚做了噩夢，或碰到天神將路過自己宅邸方位時，就得閉門謝客，甚至連信件都不能收，稱爲「物忌」。個人的話，只要緊閉門戶就可以；皇上的話，整個京城都要閉關自守，宮內的人既無法外出，宮外的人也不能進去。此外，平安時代與現代一樣，無論朝廷或民間，都有固定「更衣日」。朝廷是四月一日及十月一日。這天，服裝、家具與室內裝飾都要更換。

陰陽道與陰陽師

★本文部分摘錄自銀色快手撰文之〈陰陽師的歷史沿革〉，《2005陰陽師千年特集》

陰陽道的誕生與沿革

日本的陰陽道源自古代中國的自然哲學思想與陰陽五行學說，之後逐漸發展成一門獨特的自然科學與咒術系統，成爲日本神道的一部分，同時也是日本法術的代名詞。史實上的陰陽師，以「天文」、「曆法」、「漏刻」等爲正職，並行「占卜」、「追儺」（古時一種驅除災厄與疾病的祭典，藉由驅趕象徵災厄降臨的演員來完成儀式，通常在季節交替時舉行）等事，同時身負科學家與技師的身分；在民間傳說中則以神怪色彩濃厚的法師、術士等身分活躍。

中國的陰陽五行說約在西元六世紀初隨著佛教和儒家思想傳播到日本，當時位於高麗半島的百濟與日本交通頻繁，中國的三玄五經透過高麗傳到日本，被視爲「珍貴的海外科學與技術」；而善用這門知識的人，乃是推古王朝的聖德太子。根據《日本書紀》記載，推古天皇十年（六〇二年）「百濟僧侶觀勒來此」、「曆本、天文地理書、遁甲方術書也一併帶來」。聖德太子汲取這些外來學說的養分，並運用在政治面，開啓了陰陽道的歷史。

陰陽道融合了道教的方術，如方違、物忌、反閇的咒術，祭拜道教的神祇，舉行泰山府君祭等祭典，也採納中國的風水之學、日本的咒禁道（以祈禱和念經進行疾病治療的咒術），並自西元八世紀末開始受到密教咒法與宿曜道（中國占星術）的影響，逐漸確立陰陽道的正統體系。

陰陽師並不像道家那麼重視哲學思想，倒是比較貼近現實，著眼於研究、學習各種法術，替人消災解厄。施咒之前必先行占卜，根據陰陽五行之占卜結果，判斷事物吉凶，針對惡兆施以咒術，防範於未然，這就是陰陽師基本的工作。

陰陽師成為政務官員

天武天皇（六三一－六八六）爲了掌權與統治天下，避免被反政府勢力利用，成爲奪權的工具，於是設立了陰陽寮（類似古代的國子監、今日的中央研究院），有計畫地延攬一流的研究人才，就近監控以抑制其過度發展。

陰陽寮下設陰陽頭一人，陰陽博士、曆法博士、天文博士、漏刻博士各一人，陰陽師六人，以及輔佐、行政與研究生等若干人。陰陽寮隸屬於中務省，主要職責是天文觀測、出版曆書、負責卜筮、勘定風水、舉行祭儀，及相關教育，可說是當時的科學、天文研究中心。朝廷並嚴令禁止一般百姓或僧侶擁有《河圖》、《洛書》、《太乙》等陰陽道的專門典籍，目的就是想要讓陰陽道成爲國家的獨占工具。此時陰陽道成爲律法制度的一環，更是天皇的御用之學。

不過，陰陽道仍然屢被斥爲迷信。直到嵯峨天皇（七八六—八四二）駕崩後，律令制度廢弛，天皇親政轉爲由外戚藤原一族攝政，政權逐漸轉移，宮廷制度與文化逐漸形式化，對怨靈及祖靈的信仰逐漸根深柢固，天皇和朝臣的私人生活大爲倚賴陰陽師的占卜，自此開啓了陰陽師活躍的時代。

西元十世紀，通曉陰陽道、天文、曆法的賀茂忠行、賀茂保憲父子登上政壇，忠行的弟子安倍晴明（九二一—一〇〇五）在占卜上表現了超群的才能，很快博得宮廷貴族的信賴。據說賀茂保憲與安倍晴明自幼就擁有陰陽眼，可以看見鬼魂。賀茂忠行看好兩人的通靈本事，於是把陰陽道傳授給晴明與保憲。從此之後，陰陽道就由賀茂和土御門（即安倍）兩大家族掌控。由賀茂父子建立的賀茂家是陰陽道本源，主司曆法；以安倍晴明起源的土御門家主司天文。

成為民間信仰

民間陰陽師的身分可能不受官方認可，因此民間施行陰陽道的人，通稱為法師，或占卜師、祈禱師等，不具有正統資格，甚至被斥為江湖術士。但也有像道摩法師（蘆屋道滿）這類厲害的角色（參見《陰陽師—鳳凰卷》），只不過在傳說中，這些法師為人施行的法術亦正亦邪。

平安時代末期以降，安倍氏門下陰陽師人才輩出，身為下級貴族的安倍氏被擢升至公卿之列。到了鎌倉時代，賀茂家沒落，安倍家勢力抬頭（後改稱為土御門家）。戰國時代，隸屬於賀茂家的勘解由小路家不幸斷絕，曆法的職掌權移轉到土御門家，而由於武士階級掌握政治實權，土御門家也隨著戰亂而漸趨衰微。由於陰陽師在宮廷勢力的沒落，室町時代（一三三八—一五七三）開始，陰陽道滲透到民間，陰陽師逐漸轉化成民間占卜師、祈禱師。

到了江戶時代（一六〇三—一八六七）德川幕府治世時，陰陽師再度受到重用，形成所謂的「土御門神道」，明治維新以後，新政府斥之為迷信，廢止相關部門，陰陽道才正式轉為民間信仰，將曆法與占卜方位吉凶的技術普及於民間。到了二戰後，土御門神道（屬於神道一個支派）成立宗教法人，被視為「家學」存續至今。

繆思系列

陰陽師〔第十三部〕天鼓卷

作者／夢枕獏（Baku Yumemakura）　封面繪圖／村上豐
譯者／茂呂美耶
社長／陳蕙慧
副總編輯／簡伊玲
編輯／王凱林
行銷企劃／李逸文・廖祿存
特約主編／連秋香
封面設計／蔡惠如
美術編輯／蔡惠如
內文排版／綠貝殼資訊有限公司

社長／郭重興
發行人兼出版總監／曾大福
出版／木馬文化事業股份有限公司
發行／遠足文化事業股份有限公司
地址／231新北市新店區民權路108之4號8樓
電話／02-2218-1417
傳眞／02-8667-1891
Email：service@bookrep.com.tw
郵撥帳號／19588272 木馬文化事業股份有限公司
客服專線／0800221029
法律顧問／華洋國際專利商標事務所 蘇文生 律師
初版一刷　2012年5月
二版一刷　2019年2月
定價／新台幣300元
ISBN 978-986-359-625-7

國家圖書館出版品預行編目（CIP）資料

陰陽師. 第十三部 天鼓卷 / 夢枕獏著 ; 茂呂美耶譯-- 二版.
-- 新北市 : 木馬文化出版 : 遠足文化發行, 2019.02
256面 ; 14 x 20公分. -- (繆思系列)
ISBN 978-986-359-625-7 (平裝)

861.57　　107020924